何居华 著

长马桑的
地方……

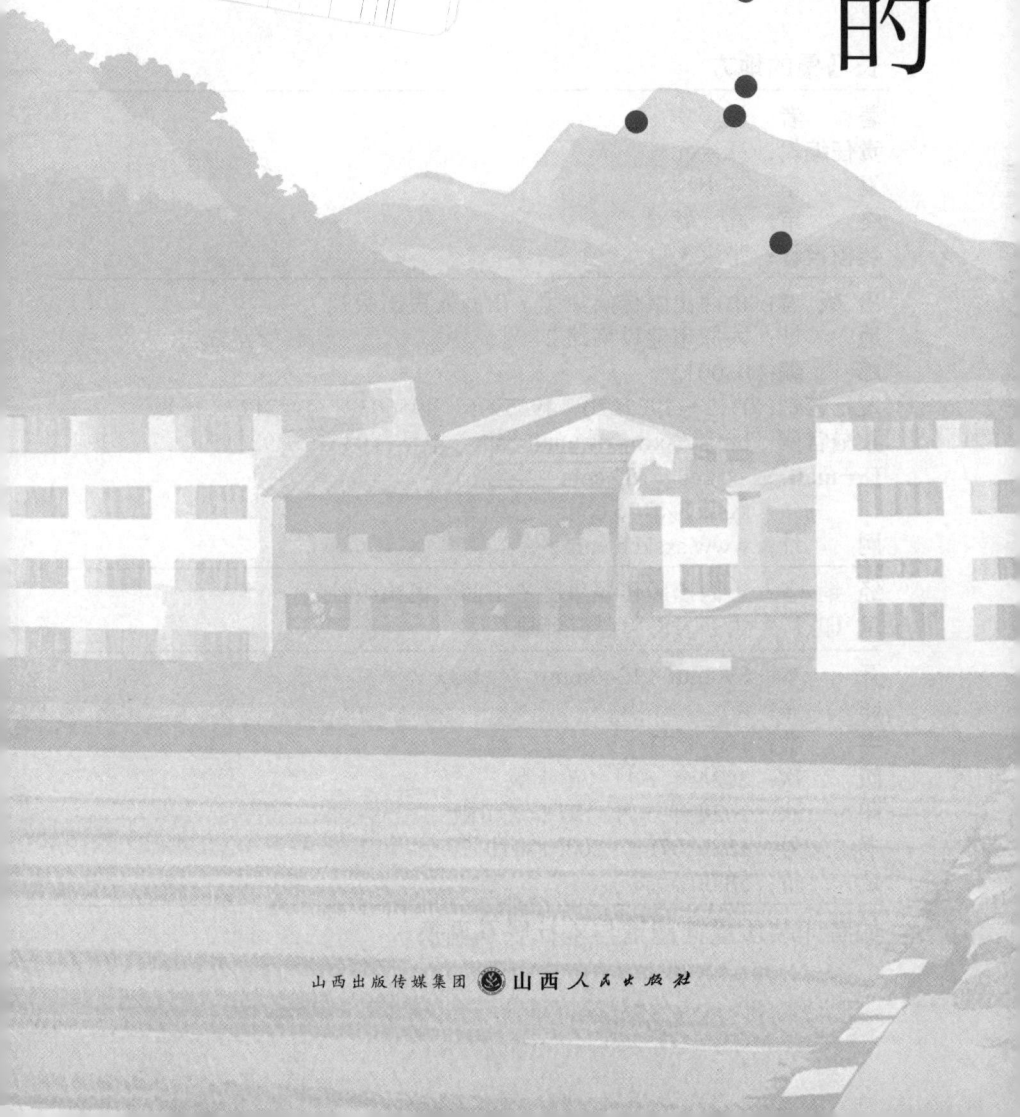

山西出版传媒集团 山西人民出版社

图书在版编目（CIP）数据

长马桑的地方/何居华著. — 太原 ：山西人民出版社，
2024.5

ISBN 978-7-203-13410-7

Ⅰ.①长… Ⅱ.①何… Ⅲ.①诗集－中国－当代 Ⅳ.①I227

中国国家版本馆CIP数据核字(2024)第094418号

长马桑的地方

著　　者：何居华
责任编辑：吕绘元
复　　审：刘小玲
终　　审：武　静
装帧设计：张永文
出 版 者：山西出版传媒集团·山西人民出版社
地　　址：太原市建设南路 21 号
邮　　编：030012
发行营销：0351—4922220　4955996　4956039　4922127（传真）
天猫官网：https://sxrmcbs.tmall.com　电话：0351—4922159
E—mail：sxskcb@163.com　发行部
　　　　　sxskcb@126.com　总编室
网　　址：www.sxskcb.com

经 销 者：山西出版传媒集团·山西人民出版社
承 印 厂：山西省教育学院印刷厂

开　　本：890mm×1240mm　　　1/32
印　　张：8
字　　数：180 千字
版　　次：2024 年 5 月　第 1 版
印　　次：2024 年 5 月　第 1 次印刷
书　　号：ISBN 978-7-203-13410-7
定　　价：58.00 元

如有印装质量问题请与本社联系调换

与原文化部部长、著名作家王蒙（右）合影

诗是生命的印记（代序）

何居华

　　诗记录了我们生命中感受最深的往事，那是我们以往的生活经历。正是这些经历触动了我们的灵思，使我们产生了创作冲动，开始对生活进行提炼、构思、立意，通过立意来明确作者在诗中要表达的思想。

　　诗歌是有难度的写作，不是几行分行文字就是诗。我们常说，生活琐事堆砌的小说，灵气写就的散文，血写的诗歌，诗歌要写好必须蘸着血来写，才能触动读诗者的心扉，让其笑，让其哭，让其捶胸，让其顿足，让其失眠。诗歌真有撼人心魄的力量吗？回答是肯定的，人在悲伤、愤怒、高兴时，首先想到的是诗歌，而不是小说、散文、戏剧等文学形式。诗言志，诗抒情，这毋庸置疑。

　　诗是高雅的、纯洁的，这就要求我们诗人加强自己的人格修养，拒绝诱惑，在这越来越物化的世界里坚守初心，做一个高雅而纯洁的人，至少人格要与自己的文字相符。宋代李清照在《夏日绝句》中提出了做人的标准："生当作人杰，死亦为鬼雄。至今思项羽，不肯过江东。"诗人亦如此，应明白项羽不肯过江东的道理，要无愧江东父老。

诗人除了自身修养外，还要学会诗性的坚守，耐得住寂寞，耐得住贫穷。记得是在 1999 年 11 月 5 日的《人民文学》作家联谊班上，商震老师说，诗带不来什么，就把诗当作情人，时常找诗聊聊天。这比喻生动贴切，给在座作者留下了深刻的印象，我们常记不忘。只有静得下来，才能进入诗的创作境界，也才能写好诗。诗有两说：一是愤怒出诗人，一是清贫出诗人。这两种说法都有一定的道理。美国诗人罗伯特·弗罗斯特，11 岁丧父，生活苦不堪言，只要能生存他什么都干。他热爱诗歌，坚持诗歌创作。他的诗集《少年的意志》（1913）和《波士顿之北》（1914）引起了评论界的关注，称他为真正的诗人。他4 次获得普利策奖，在全美引起轰动。在他 75 岁和 85 岁生日，美国参议院做出决议向他表示致敬。在 1961 年约翰·肯尼迪总统的就职仪式上，他朗诵了自己特地为这一场合创作的诗作《全才》。诗无比荣光，坚持吧！

诗赋予我们荣誉，写诗就是朝圣的跋涉，流下的汗、滴落的血就是我们艰辛前行的脚步。这些脚步就是生命的印记，以诗的形式反映了人们在所属历史阶段的生存方式，以及对未来生活的向往和追求。诗以自然的方式与时光同在，留在了历史的长河里。诗是不朽的，千年以前的诗融入了现代生活。屈原的《离骚》，读起来令人热血沸腾，激发了人们的爱国情怀。唐朝是我国诗歌的鼎盛时期，涌现出了李白、杜甫、白居易等优秀诗人，他们的作品被选入大中小学课本，将一代代传承下去。随着时代的发展，诗的理念和写作手法也在发生变化，好的作品不断涌现。随着一代代诗人的努力，诗歌的前景必将灿烂辉煌。

目录

河中的石头

站在河中的石头不知陪了几代人
我很小的时候它就站在那里
半截埋入河床　半截露出水面
娘站在河中用捶衣棒在石头上捣衣服
皂角的泡沫随水漂远　娘走了
别的捣衣人来了　别的捣衣人走了
歇脚的苍鹭来了
它们在石头上恋爱　到河边的柳树上产卵
然后带着幼鸟飞落在月光下的黑石头上

夏天的暴雨淹没了那些石头　许多只鸟
在石头上方盘旋
水清石现　月光下的石头
像浮在水中的一只只灵兽
它们看见　鸟们飞去又回来
沿河两岸　一代代的孩子们
从蹒跚学步慢慢地进入了耄耋之年

（刊于《2020 中国年度诗歌》）

老油坊

榨油坊已经很旧很旧很旧了

童年时它就在那里　傍着一根空心皂角树

几十年后榨油坊仍在那里

土屋变成了七柱大木房

房子的一端摆放着木制榨油机

铁箍一个挨着一个挤满了油槽

撞杆悬在梁上

穿短裤的油匠大声吆喝着搬动粗大的撞杆

油槽下接满装油的木桶　黄牛拉着石碾

吱呀吱呀地碾菜籽　碾槽旁放着

长把木瓢和搅拌菜籽的竹竿

叫水鸭子的豁嘴老油匠

七十多岁仍孑然一身

几十年光阴随油滴落　靠徒弟们安度晚年

看着徒弟们碾菜籽　上蒸笼　搬撞杆

他蹲在一旁抽旱烟

（刊于《诗探索》2020 年第 3 辑）

暮色深处

暮色渐深　一片空旷的田野
几只白鹭还在寒意弥漫的田野觅食
神态悠闲　它们没有栖居的烦恼
水塘边的皂角树随时会接纳它们

落日正沉入山坡的怀里
几只暮归的羊在刘三老汉的吆喝声中
不紧不慢地走着
他孤独的影子映在村头的墙上
暮色中的村庄　炊烟正袅袅升起

（刊于《诗探索》2020 年第 3 辑）

桃花潭

东园古渡　是李白系舟的地方
我茫然四顾　江水淼淼
桃花潭不知在何处
眼前只有青弋江在一浪一浪地远去
我此刻的心情和大唐诗人李白一样
错信了汪伦的十里桃花
慕名前来　想一睹桃花潭的真容

西递　塔川　呈坎和南阳老街
映入涌动的江中
桃花潭究竟在何处
汪伦墓前他的子孙在讲　方知
桃花潭非潭　只是青弋江中一湾深水
深约百尺　桃花不多　仅一地名而已
李白与汪伦赏景饮酒数月　留诗十余首
情深让桃花潭水深为千尺

汪伦子孙存诗数代　王朝更迭
诗意与人情不变
桃花潭原来只在有情人的心里

（刊于《诗探索》2020 年第 3 辑）

石门槛

踏上万家酒店的石门槛
我就是大唐的酒民了
我的脚印正穿透千年的岁月
回到天宝十四年

汪伦自酿的桃花潭酒还摆在桌上
我听着风声　雨声和谈诗声
还有万村深巷飘来的打更声

李白和汪伦温酒谈诗
这对千年酒客把脚印留在石门槛上
我们沿着唐人的足迹
又苦苦寻觅了上千年

（刊于《诗探索》2020 年第 3 辑）

寒山寺

寒山寺依然活在张继的诗中
千年之后我来到苏州城里的寒山寺
不再有张继诗里的江枫渔火
不远处的楼群伴着枫桥上游人如织
乌鸦飞走了　千年古柏迎来了喜鹊
一百零八吨的仿唐大钟
用钟声把诗韵和人们带入了大唐岁月
寺旁桥下古运河里的渔船却越摇越远

我压在客枕下的钟声
在梦中带我回到了小小的姑苏城

（刊于《诗探索》2020 年第 3 辑）

双门峡一线泉

月光下　你不是泉　你是一根

纤细铮亮的银弦　别在

峭崖的琴架上　胭脂岩石女

轻柔的手指弹奏一日三涨的情思

悬崖上千年不动的白云　仿佛眼睛

凝望从乐曲声中走来的文化先驱尹珍

怀藏钓鱼城蓝图上路的冉琎　冉璞

里署完工后归来的詹淑

溪头观新月　禅寺弘佛法的诗僧彻宇

在诗的原野上放牧旺草石牛的许鸿儒

绿纱窗下吟哦春夏秋冬的王作孚

在绥阳诗歌的绿树丛中　百鸟争鸣

诗乡的天空群星灿烂　一线泉水

叮咚跳下山崖　沿双门峡两出口

一条流向音乐　一条流向诗歌

水麦粑

多年没吃家乡的水麦粑了

趁回乡买点带到上海　让外孙们也尝尝

就在老屋旧址前　卖水麦粑的女人

一下认出了我　她多年在我家门前摆摊

天气炎热时　母亲常叫她来家里喝水

她除了卖水麦粑还卖蔬菜　她朝我笑笑

说好多年没见我慈祥的母亲了

我告诉她老人去世了　她略略一惊　问

拆迁后住哪里　她听说我去了上海

说回来一趟不容易　死活不收我的钱

我一定要给　最后

她坚持要送我一个粑　其余收费

这事已过多时了　但依旧

像一朵飘不走的云　久久凝在心中

水麦粑虽小　乡情却很大

（刊于《2021 中国年度诗歌》）

接亲家

午夜的遵义火车站　初秋的凉意

一丝丝透过短袖衬衣向我袭来

我浑然不觉　目光顺着铁轨伸向远方

一列夜行的火车将会驶来

那列火车上有我未曾谋面的亲家

亲家来自湖北的一个偏远乡下

种了大半辈子庄稼没有摆脱贫困

后来亲家把泥卖给别人做紫砂壶

泥卖光了　亲家的脑袋开窍了

买水泥加工建筑材料

半农半商的亲家日渐富裕

火车就要进站了　我的手机

就要响起一个从未听到过的声音

但愿那是淳朴的乡音

（刊于《云间文艺》2018 年第 4 期）

山村摩托队

谁也不清楚这条路上有多少摩托车　天亮

摩托车从村里开出　傍晚

摩托车从城里返回

摩托车上的人都戴着安全帽

衣服上粘满水泥　油漆或白磁粉

城里的楼房在他们手里升高

山村因他们变得富裕

村里木屋变砖楼　土路变成柏油路

再不缺钱买种子　农药和化肥

农忙时务工队乘摩托车进村

种完庄稼又乘摩托车出村

摩托车是山民的翅膀　一路风声

日子就被带到了新的高度

（刊于《云间文艺》2018 年第 4 期）

早晨

春天的早晨　一个
两岁的孩子　端着一碗粥
艰难地喂妈妈饭
那些饱含汁液的米粒　顺着苍白的嘴唇
一颗颗往下滚落

妈妈　你真的不饿吗
这是跪乳的羊发出的哀鸣
他认为妈妈一定很饿
不知母亲已让死亡封住了嘴唇

孩子　如果你的哭声唤不醒母亲
我们周围人心里会给你
空出母爱的位置

（刊于《云间文艺》2018 年第 4 期）

山村黄昏

夕阳掉到山腰　　掉到草垛旁

掉进一个老人的烟锅　　吱吱地燃烧

那些烟一丝丝地飘散

弥漫成山间夜雾

雾在草的边缘结成细小冰珠

老人单薄的身子在冰珠里晃动

仿佛一滴游动的水　　伴随

草叶的呼吸在风中起伏

静止的只有那道夕阳　　夕阳

不愿被渺小的水收容

在草垛旁站出一树月色

（刊于《云间文艺》2018 年第 4 期）

挑草

山边的田野上　　远远地看见一双脚

沿着小路在两捆草中间走动

那是一双穿草鞋的脚

在移动两堆稻草

夕阳在草梗上滑落

草淹没的人影　　终于从扦担下

解脱出来　　两捆草集合更多的草

把那双穿草鞋的脚举向高处

在靠月亮最近的地方站成草垛

草垛　　大山深处的一树秋色

飘雪的日子　　在喂牛老汉的铡刀下

那些草们都叫着粮食的声音

（刊于《云间文艺》2018 年第 4 期）

看庄稼

我与别人不一样　别人种庄稼

像走亲戚　从播种　育苗

到庄稼成熟　中间有很长时间

难得与庄稼见面　我呢仿佛

庄稼就是我的孩子　一天天

看着它们在眼皮子底下长大

早晨　禾苗顶着露珠

多像小孩忽闪忽闪的眼睛

于是我对庄稼说　灵性的庄稼

快快长大吧　我把庄稼

从儿童看到少年　又从少年

看成青年　庄稼在我的关注下成熟

看着庄稼沿坡地一步步走到家门口

我才想起山那边未过门的儿媳

（刊于《云间文艺》2018 年第 4 期）

杏家林

杏家林的杏树春天发芽
像村里姑娘抿着小小的嘴唇
把思念埋在心里

杏家林的杏夏天成熟
红着脸躲在绿叶间
思考蜜蜂的媒妁之言

杏家林的姑娘摘下杏儿
在一阵唢呐声中
把自己交给了远方

（刊于《云间文艺》2018 年第 4 期）

九道门

九座山为村民开了九道门
人们不知道哪道门离城近

九道门里流出九条小溪
人们不知道溪水流向何处

再大的门送不走不识路的人
再长的水捎不来山外的消息

建议山顶雷声中的闪电
在我们心里也裂开一道门

（刊于《云间文艺》2018 年第 4 期）

鸟影

落在河里是一朵浪花
落进肌肉是变心的情人
落在梦里是一个人的影子
或许　鸟儿真的不再回来
只有羽翅擦痛回忆

我瘦了　瘦成一根枯枝
站立荒野
等一首牧歌唤醒新绿
月光压落树影　我的身子
扑在地上喊痛
当雨季踏着雷声
赶来的时候
我握着细雨中的花朵颤抖

等鸟儿离开
许多人才和我一样
想起痛苦之类的词语
鸟儿寻找巢穴时

我们的眼睛

总是盯着水里的月亮

（刊于《人民文学》增刊 2000 年第 1 期）

怀念小雨伞

雨中　我遇见一把小伞
想绕过它
伞把我拉进记忆

在转头的瞬间
你如此巍峨
我是飞不到你山巅的鸟

那些被爱润红的细雨
在脚下浇开　三月的花朵
明亮的眼睛生动着回味
心有扑不灭的火焰和倩影
手中的雨伞像枝花
我一辈子吮吸不尽的芳香

（刊于《人民文学》增刊 2000 年第 1 期）

没有尽头的河

远行的河没有尽头　波涛

敲击生命的钟　河水奔流

淹没许多回忆中的旧址

思绪如苍鹰　环绕往事

河本身就是从泉眼里

放飞的永不回巢的鸟

凡是有岸的地方

都有它飞翔的影子

白云是它放逐的花朵

星粒是喂养智慧的食粮

每片帆影都驮着阳光

河水流淌　就像一个人

苦斗的一生　失望与奇迹

光荣和梦想在浪花里

叠高水位

（刊于《人民文学》增刊 2000 年第 1 期）

冉家坪

这地方并不平坦　也不开阔
几座山在这里接壤
山顶上住着几户人家
这几户人家都不姓冉

也许最早的人家姓冉
那些姓冉的人赶场一样
在人世沧桑中走失了自己
像早晨赶出去的羊
归栏时让黄昏吞没了几只

后来的人只记住了和自己有关的地名
姓什么对他们来说并不重要　重要的是
如何解决光棍问题
不过这地方以后还叫冉家坪

哭嫁

姑娘不要哭　我是大山里的汉子
带来了花轿　唢呐以及
一山的鸟语　我们的婚礼
要想多热闹就有多热闹

姑娘　你要哭就哭个够吧
哭完爹娘的养育情　就哭
朝夕相处的众乡邻
要么就哭我这个粗心汉
今日才解开你的相思谜

姑娘　你还是不要哭
要不洞房的红烛
会陪你流一万年喜悦的泪

这片土地是温暖的

冬天我看见一只鸟　寒战地

站立枝头　树上的叶子

早已不知去向　我想告诉它

脚下这片土地是温暖的

那鸟扑棱翅膀　一阵旋风

雪花落满我一身　我想

它是否在用飞翔告诉我

雪花是保暖的

我发现脚下的小草

在雪中欠着身子　几棵草

伸出雪外　似乎在用同样的声音说

我们生长的这片土地是温暖的

路过百花村

这叫百花村的地方　花并不多

可女人长得比花水灵

水灵中带着几分野性

当着陌生男人的面　掏出乳头

塞进小孩的嘴里　她并不是有意

暴露她女人的秘密　而是她不把

男人当回事　我也不想她把我当回事

在山里被女人当回事的男人不多

一旦当回事　女人总避着你

在这男多女少的大山深处

见不着女人有多痛苦　这样

不躲不避最好　大家心里都坦然

孤独的燕子

深秋　我看见一只燕子
一只受伤的燕子　为保护小燕
让无知的弹弓打断了腿
温暖的南方不再属于它

雌燕带走了它们的燕儿
它留下来和我一起过冬
冰雪融化时　我治好了它的伤
它又可以衔泥筑巢了

多漂亮的新居　可空荡荡的
只有一只燕子和我一个人

土柜子

那只柏木加杉木板做的土柜子　一段历史
装着母亲从小姑娘到老太太的
全部岁月

那只土柜子　装过母亲出嫁时的
唢呐声　装过秋收的稻谷
装过饥饿的岁月和父亲过世后的
悲凉　一家人生活的艰辛
全让母亲装进了柜子

后来母亲要去她必须去的地方
嘱咐我们把柜子送到庙上　从此
将苦难交给庙里的和尚超度　和尚
再把柜子里的祝福还给我们

山里的夜色

柴马架　摆在山垭口
像一个马槽　等待落日
来这里加料

稻桩擦亮的镰刀　一弯新月
割得满天星星蹦蹦跳跳

院坝里　一驾马车空着
马鞭就插在辕木旁

马车夫在打盹儿　嘴里喷着酒气
有人粗声粗气地喊　谁执鞭
把这山里的夜色拉走

草的行程

二月　一根草抬头
众草就铺条路
春天沿着路走遍所有地方

不管春天走到哪里　脚下都是草
草是春天的标志
草是牛羊不变的渴望

草们加快行程　季节就得变样
山里人随着季节改变生活方式
春草喂牛　秋草打草鞋

大雪封山没有草　就在心里
轻轻呼唤　草哇草哇
快从地里长出来吧

山民的肩膀

凭一副结实的肩膀

扛柴　挑粮　进城打工

生活的艰辛全压在肩上

不觉得累　喘几口气　抹几把汗

把女儿送进了大学　女儿出息了

有了像样的女婿　有了车子房子

而他除了肩膀一无所有

他用肩膀给女儿女婿驮去山货

回来时　女婿把装满旧衣旧鞋的包

压在他肩上　自己坐在前排与司机闲聊

此时他不知在为谁打工

他觉得累了　有说不出的累

怀旧的老人

两位怀旧的老人像秋天深处

飘来的两枚枫叶　记忆的风

把他们刮进校门　操场

他们甚至以落叶的姿势坐进教室

年轻的学生　这些往昔的影子

在他们心里逐渐复活

希望洄游的时间在生命长河重新奔流

再年轻一次的念头仿佛水里的落叶

被岁月的浪花冲得无踪无影

一切都变了　只有校园秋天的枫树依旧

石头依旧　池水像他们老眼一样浑浊

看不清满头飞雪的样子

（刊于《诗刊》2007 年第 6 期下）

同样

我和村里人在同样的早晨醒来
我们看到的是同样的天空
同样的天空飘着同样的云
同样的云下鹰在同一个地方飞翔
同一个地方有同样的山川河流
同样的山川河流长着同样的树
同样的树上站着同样的鸟
同样的鸟唱着同样的歌
同样的歌唱给同样的人听
同样的人干着同样的农活
在同样的村庄过着同样的日子
我想叩响石碑问问古人
他们昨天的日子和我们今天
是否也有着同样的内容

（刊于《诗刊》2007 年第 6 期下）

窝棚

山上　只有一个窝棚
除了窝棚　还有一个人和一条
通往山下的路
路上空无一人

走夜路

路在脚下　路也在回忆中
在没有月亮的夜晚
山民们走在现实与回忆中
努力把脚放在正确的地方
山里有十几户人家
就有十几盏灯嵌在不同的位置
每盏灯都是脚的目的地
那些穿草鞋的人们沿着灯的方向
在漆黑的路上弯来拐去地走
每到一户人家就有一把葵花秆
照亮路程　在温暖的护送下
人们继续朝前走　到家后才告诉家人
若没有火光照耀　路会走得很慢

村庄的影子

黄昏把村庄的影子投进小溪
村庄苗条得像一个女子
她的美多么古典　没有谁
会用粗嗓门去破坏她的宁静

山路上那些贩牛客一批接一批走远了
村庄的心空了　女人将缝衣针
一针一针扎进暮色

谁的手冒出血珠　一辆破牛车止不住呻吟
疼痛蔓延到了另一个地方
暮霭沉沉的天空下　一头牛和一个人影
正努力朝村庄靠近

村庄静如秋水　黄昏
许多人的心被影子搅乱

关秧门喝酒

关秧门　一碗酒滋润
所有人的喉咙　酒碗挨着转
从年长的人一直转到
年纪最小的人手里　碗里漾着酒花

酒有时喝得急切　有时
喝得缓慢　常被人们嘴边的农事打断
天下雨　秧苗该返青了　所有人的视线
飘出窗外　想不到雨脚
走得这样急　不知谁又呷了一口酒

情绪像秧苗陡长一截　天地空蒙
田野笼罩在雨雾里　我看见
秧苗在雨中摇头晃脑
像我们这些微醉的人

带伤的爱情

信不信由你　爱情都带伤
爱情伤在内心深处
那些伤痕累累的痂　一层层地
覆盖着心的领地
受伤的人最怕刮风下雨
气候潮湿　敏感的心灵关节
被回忆一点点地侵蚀
像蚂蚁咬着心尖　酸酸地
让你疼痛一生

天色将暮

那是谁家的姑娘　扎着
两只羊角小辫　站在
村口的老槐树下

天色将暮　一群鸟儿
拍着翅膀　叫着从她头顶飞过
鸟儿们快乐地进入树上的窝
它们一家子叫得真幸福

小姑娘望着小鸟　喃喃自语
小鸟都回家了　爸爸呢
那是我三岁的女儿　她在等我
远远的一声爸爸　喊出
我心头的泪水

土屋

上了年纪的土屋
老得不能再老了　屋顶隔年生的麦草
不知繁衍了多少代　屋里
多少婴儿变成老汉　两脚一伸走了

村里人记不清有多少老汉离开了土屋
只知道土屋里的生活仍在继续
就像一列火车　不断有人下
也不断有人上　仿佛去某地打工

不管走多远　土屋仍是生命的归宿
土屋不能再老了　有人建议我把它拆掉
我说土屋是我风烛残年的老人
只要没有咽气　就得赡养

河沙

沙粒在水底　流着真实的声音
我在河面采撷阳光
沿游鱼的方向
我裸着　沙地裸着

阳光把我晃荡成童年
我把沙子还原为阳光
小河呀　我要握住流沙的手

（刊于《人民文学》增刊 2000 年第 2 期）

枫叶

以一滴血品味秋天　而秋
却高卧于猩红之上
朝天而长的枝丫　仿佛在
诉说大地之爱
几滴露水滑过少女的睫毛
一片羞赧滚进湿漉漉的手掌

弥漫于旷野的气息
将梦中的相思融入叶脉
一片绯红传递着人们内心的语言

（刊于《人民文学》增刊 2000 年第 2 期）

辣椒

我爱着的辣椒
是从不流泪
默默燃烧的红烛

独对辣椒　像掀开一个被盖头
罩住的时代　鲜红的液体
只需一滴　使所有唇膏滞销

辣椒　是我四季的衣裳
不用剪裁　温暖是
唯一的标准和尺寸

（刊于《人民文学》增刊 2000 年第 2 期）

水折溪这地方

在水折溪这地方　一碗辣椒

半碗土酒　几碗苞谷饭　就是

一天生活的内容　日子得过

几尺高的土墙加一道门就是房子

几声唢呐　一挂鞭炮

娶来婆娘就是一户人家

从此屋后有了石水缸　门前

有了黄狗叫　女人背上背着娃儿

隔年间月有亲戚踏进门槛

就有了一户人家的内容　几十年光阴

人生清白如水　两只大黑脚一伸

生命结束　脚下有盏油灯在闪烁

一头牛

春天的早晨　露水丰盈
一头牛在吃草
用舌头把一卷草送到牙齿间
嚼得喳喳直响　它没有理睬我

我看见无数颗太阳在露珠里闪烁
牛嘴像幽深峡谷　接受
大山里的日出和日落　牛儿
来到河边　贴着水面
喝了几口水　哞哞叫了几声

沿河缓缓走动　小河
白色的绳子套在牛脖子上
仿佛牛拖着一块土地在走

石马对石牛

注视了千年　无一句沟通的语言
后悔与忧伤　像黑色的云朵
散落在塔木溪的水面

岁月已经苍老　风在吹拂
往事的落叶　心灵的影子
幽幽地在水面漂浮

天空低垂　一只蝴蝶
站在枯枝上争渡
人世间许多不可能的事情
才留下思想空白　就像
永远不可能结合的石牛与石马

（刊于《诗刊》2003 年第 9 期下）

晒苞谷的老人

背驼了　牙齿早已漏风
银白头发昭示着他八十五岁的年龄
秋阳下　李二老汉手拿竹扒
在晒席上扒着苞谷粒

那些金灿灿的颗粒　像他逝去的
年华　如今靠记忆把往事扒出来
在阳光下晾晒　哪颗是童年
哪颗是青年或中年　他无须分清
反正有一颗是他垂暮之年

他把目光移向远处山岗
落叶覆盖下的土堆　也许
有一个土堆属于他自己
他会把一生交给阳光　那时
他会说我是一颗饱满的苞谷

走向秋天

秋天树叶渐渐黄了　寒意
一点一点侵入树干
即便寒冷　也有一些叶子
不肯飘落

那些叶子在风中摇晃　在白色的
秋光中摇晃　像那些度日艰难的
人们　靠几杯苞谷烧支撑
步履蹒跚地在山路上走
把自己走成了摇晃的树

我是一片沉默的树叶
通过叶脉把内心的想法传达给树
在我逐渐变黄的过程
我的脚正走向秋天深处

唯一的人家

水折溪有九十九道湾　没有
一道湾能套来另外的人家
刘四伯家是溪边唯一的住户
光棍刘四伯三十五年前安了家
老婆是四川乡下来逃难的女人
她是十里水折溪唯一的女人
这唯一的人家世代单传　只有
唯一的男人守望山里的土地
日子就像缓缓流淌的溪水
不管人们在不在意它总在朝前走
如今刘四伯守着唯一的牛
在阳光下　远远地望着地里干活的儿子
和那为儿子送饭的衰老女人

堆草

赶场的背篓　带走了山路上的脚印

还有木屋里橘黄色的灯光

山村安静　月亮爬上墙头

最后一缕炊烟被微风捎远

有人在月下堆草　送草的竹竿

不断把他举向高处　草在他脚下直响

月下村庄　可曾听到

稻草的歌唱　一百根稻草就有

一百首歌曲　喂牛老头儿听懂了

草根呼唤季节的声音　人生是不可洄游的梦

就像稻草里的水分说干就干了

草是人的影子　人像草但不是草

割青蒿

坟头青蒿比别的地方长得好
青青的特别惹眼　孩子们不敢割
传说割了坟头的青蒿
就是剃了死人的头　鬼会来找

哪家孩子感冒发热　大人就把
割回家的青蒿倒在村口
喂鸡鸭鹅　我家猪和人都安全
村里人说我八字大　看来鬼也有克星
我是村里为数不多让鬼害怕的人
谁家闹鬼就叫我去做伴　时间一长
我有了许多朋友　我想
心中无鬼的人才有朋友

矮山之间

树影疏斜的茅屋　依旧
唤起过去的时光
一面土墙被蜜蜂蛀空
一幅画昭示着风景中炫目的阳光

老槐树下纳凉的乡亲们　有的
已归入永恒的波浪
有的将梦依旧系在庄稼的茎秆上

这矮山之间是我的故乡
一条穿越谷地的土路　响着
牛铃叮当当
当夜晚的星斗寂静地闪烁
淌入心头的泪水将往事再一次照亮

（刊于《人民文学》增刊 2000 年第 3 期）

杏花雨

杏花雨没有打湿杏花

却从少女眼里　溢出

些许水分

山路向东　雨滴罩住

很多村落　旧事照样绯红

站在雨中临风开放

一幅依山傍水的画

以牧笛为轴

回忆从枝头裂开伤口

滴着殷殷的血

酒杯的作坊　雨的边缘

碰响往昔

一束花　打开深巷的黎明

卖花女轻轻走来

纤纤手指解开雨结

（刊于《人民文学》增刊 2000 年第 3 期）

老人和牛

老人站在山上　抚摸着
他的牛　目光凝成
一座山　放牧的都是牛的影子

一代一代的牛　把他
送进暮年　他却把牛一头头
拉扯成壮汉

牧歌从溪边淌来
挥之不去的都是　年轻时
他和牛儿们的故事

现在他牵着牛　以后
当牛牵着他的时候
干脆　就从心里
长出草来　再喂养
几度春秋

（刊于《人民文学》增刊 2000 年第 3 期）

桨声

在河流蓝色的封面上
吟水的文字　流动的波涛
我看见水鸟翅膀上闪动的月光

我从船舱中走出　像一封信
被抽出信封　四肢布满
烟波浩渺的水韵
在溪船与水雾之间
水中落月　开成一朵绯红的江花
渔歌深处飘出多情的桨声

它召我而归　以满头青丝
读儿童眼里的那种陌生

（刊于《人民文学》增刊 2000 年第 3 期）

一只鹅的价值

一驾马车吃力地爬行在沙石路上
这是水折溪通往外界的唯一山路
赶车的刘老汉从辕上跳下来
用鞭子抽打嘴里喷着热气的马
马蹄上的铁刨得碎石直冒火星
车上的萝卜　白菜　山货一阵乱颤
一只鹅挣脱草绳　扑向路边草丛
刘老汉拉下刹车　把车停在山腰
一双套着草鞋的黑脚撵不上鹅
鹅碰巧被我用背篓逮住　刘老汉
一手抓鹅　一手抓我　说了几句
带苦味的谢谢　水折溪唯一的车把式
差点儿哭出声来　半袋化肥钱险些泡汤
我这时才懂得了一只鹅的价值

秧鸡田的胡老三

胡老三家很穷　他母亲生他时

还在这叫秧鸡田的地里干活

胡老三生来瘦小体弱　活脱脱

像只秧鸡　怕冷不经热

饱得饿不得　好不容易挨到二十出头

胡老三娶上媳妇当上爹　我经常看到他

上坡割草　挑菜上街

买菜的钱免不了喝半碗苞谷烧

酒是他的依赖　他是家庭的依赖

胡老三依赖酒在世上活了六十多岁

一生战战兢兢　生怕得罪任何人

甚至还怕得罪儿女　我曾听到他酒后

站在秧鸡田大叫　声音大得惊人

烧蛋

村里谁家小孩受了惊吓

受了惊吓的孩子爱夜哭

老祖母就为夜哭的孩子烧蛋

七个稻草疙瘩包着一个蛋

老祖母边烧边念

三魂七魄回来　快回来

鸡蛋在柴灶里烧熟

据说蛋黄上的青斑　就是

找回的惊魂　我不相信

我是村里最顽皮的孩子

初生牛犊不怕虎　如今年过半百

受惊吓的事太多了　可有谁

为我烧这镇惊除邪的蛋

致老妻

在那个男女都羞涩的年代
我们避开人　两双手悄悄一握
一个家庭就诞生了　半个世纪
过去　我们有了女儿　外孙

往事常萦绕心头　在老母
生病住院　工厂只发生活费
你承担了所有家务　让我
用节假日上课挣钱给母亲治病

母亲辞世二十六年　我没留下纪念物
而你　我的老妻却默默保留了
母亲的退休证　交给晚年的我
我的心为之一颤　多好的老妻

你变身为母亲的模样　陪伴
守护在我身旁　不离不弃

水折溪

云里掉下的一滴清泪　沿着
弯弯曲曲的小溪　曲曲折折地
流淌　凡是溪水经过的地方
都有苦涩留下的水纹
就像山里人的草鞋　留在
地上的脚印　深深浅浅
全是生活的印记　日子就这样过
两瓢溪水煮顿饭　一根萝卜一顿菜
水折溪就是土碗里的酒　我们用
笑声碰杯　用快乐的方式品尝生活

水折溪的春天

水折溪春天的到来
是以一种特殊的方式进行的
像走亲访友先捎口信　山风
冷一阵暖一阵地吹
枝头的积雪簌簌地落在林间空地

草猛一伸腰　雪不见了
雨不紧不慢地下着　一声惊雷
所有虫子都醒了　雨打在木屋的板壁上
春天开始在村里挨家挨户敲门

春风吹时　我在火塘旁抽叶子烟
春雨来时　我戴着斗笠在山里犁田
一朵李花预示着春天的来临
斜飞的燕子忙着衔泥筑巢

朝天坝的杨二伯

古杨梅树弯弯的树身

像树下木屋里的驼背二伯

他很小的时候　这树就五人不能合围

二伯的祖父和爹都是大树的干儿子

大树看着他们结婚生子　二伯

从小就拜乞大树做干儿子　可大树

却没有看见二伯娶妻生子　十几岁

托媒的二伯　婚姻如树叶飘零

光棍二伯已老得挑不动水　拿不动柴

做伴的只有一条老黄狗　傍晚有生人路过

二伯就出来招呼狗　与路人寒暄

然后摸黑进屋　喘气　捶胸　把灯点亮

夜深人静　暗自思忖　今夜脱了鞋

明早还穿吗　二伯在梦中成了一只鞋子

回故乡

回到碾坊的水声中去　才知家不远了
碾坊和我家中间隔着三块水田
水碾仿佛一个马车轮子　咿咿呀呀地
把我送入往事的回忆

驼背张三爷依旧照管碾坊
每天照旧一碟炒豆下半斤酒　酒后
站在河边　对放学的娃儿眯着眼睛笑
偶尔问问功课情况　高兴时
把剩下的炒豆和豆腐干分给他们吃
他们中肯定有童年的我

竹林边狗汪汪直叫　叫声招来
众多乡邻　张三爷
在我后面赶狗　夕阳
撵着我们的脚跟进了村

两件衣服

白昼和黑夜　只不过是
两件颜色不同的衣服

一个人从孩提起
要换多少次衣服　才能
从少年过渡到青年
青年再到老年
若到了老年　能否
把穿过的衣服还回去
或转送别人

我想世上不会有人
要这使人衰老的旧袍
为此我日夜忧伤

八月瓜

八月瓜　九月炸
十月摘来诓娃娃

八月瓜是山里不错的野果
成熟时像炸开的茄子
颜色紫紫的　内心藏着
一段甜蜜的爱情

我长在山里却与八月瓜无缘
一个偶然机会　我在
悬崖旁寻到一根瓜藤
正要顺藤摸瓜　看见
村里的二妹子躲在灌木丛
望着我笑　伸出的手又缩了回来

雨后

云散雨收　躲雨的人们相互点点头

离开了路旁的崖穴　空地上留下烟头

塑料布　破草帽　报纸和乞丐的

一根打狗棍　这棍子正好压在报纸上

种种迹象表明　乞丐要去的地方

用不着这占手占脚的木棍

我想在躲雨期间　手拿报纸抽烟的人

与手握棍子端破碗的乞丐靠得那么近

他们之间是否有过对话　贫与富

高贵与卑贱是否有短暂接触

我百思不得其解　一个牧童闯进崖穴

高声念着报纸上的标题　又一贪官落马

他把贪字念成了贫字

日全食·豆腐·胡萝卜

日全食这天我买好豆腐和胡萝卜

脚还未走出菜场　天一下就黑了

据说这是三百多年难得一见的黑

白天里的黑夜裹挟着雷声和冷雨

把我们这些毫无准备的人留在了菜场

我们彼此笑笑　用眼睛交流

像同在一个班的学生　共同学习

这课自然　那些有准备的商贩们

点燃蜡烛　打开矿灯　只有卖菜的农民

用打火机在照秤　有的干脆不用秤

一切全凭估计　有杆秤放在心里

豆腐按块数　胡萝卜按个数　小菜按把交易

在这短暂的黑暗中　人们有了遗忘已久的信任

人际关系在这群陌生人中变得直接单纯

二舅公当媒婆

跷跷板打脚脚　二舅公当媒婆

当媒婆的二舅公

惹人嫌　讨人骂　出嫁时

还让新娘数落　可二舅公偏爱做媒

他能说会道　能说动人

二舅公生活严谨　值得人信赖

即便醉酒也不说胡话

他穿一身青布长衫　走村串寨

撮合了许多桩婚姻　有人说

二舅公想喝酒说得口水流

二舅公越给人骂越精神

听不到姑娘的骂声　二舅公

就像害了病　走路无精打采

二舅公把骂声当菜下酒

喝够了酒　他捻着下巴上的胡须

笑盈盈地说那是在哭嫁谢媒

背灰上山的人

背灰上山的人勾着腰　他把自己
走成了一只蚂蚁　他以
蚂蚁的速度在山路上蠕动

背篓里的灰越走越沉
背灰的人用手攀着路旁的树枝　艰难地
拖着自己的影子　出没在
灌木和茅草丛　越走越远
最后消逝在一片山野

背灰人的身影在几声鸟叫中闪出
一个壮汉撩袖擦汗　借一锅旱烟
消除疲惫　季节不等人　一场雨
山顶苞谷就要拔节了

几十年就像昨天

人生苦短　几十年就像昨天

我常听村里的老人们这样说

时间把孩子变成了老人　可在

老人们的记忆中　他们仍是昨天的孩子

他们小得如一根草

草一样的命运柔弱　隐忍

一场风可以把他们连根拔起

一场霜可以让他们通体枯黄

没想到他们居然把根　稳稳地

扎在这片土地上　打田插秧

农闲贩牛　岁末祭祖　春华秋实

几十载光阴没有亏待过他们

土碗里的苞谷烧　泛起

多少属于昨天的快乐

布谷声声

我的家乡贵州绥阳　这个在地图上

并不显眼的地方　居然是布谷鸟之乡

全国有二十四种布谷鸟　有十七种

分布在绥阳的崇山峻岭

布谷鸟家族中三分之二以上的成员

在这里安家落户　每逢播种时节

山里布谷鸟的叫声此起彼伏

薅草大婆　豌豆花壳

不管怎样叫离不开一个宗旨　布谷布谷

在布谷鸟的叫声中　土地松软了

禾苗绿了　我和牛都被庄稼包围

布谷鸟有时站在牛背上　像一个

天外来客　欣赏我们的劳动

我们望着布谷鸟嘴角的血丝

把它想象成六月催熟庄稼的太阳

炊烟

炊烟在风中飘来飘去
时近时远　飘远的
炊烟　像一滴墨
凝在大山的笔尖　由谁的手
握笔草书

炊烟的根扎在一间茅屋
握在一只布满老茧的手里
火光照亮满是沧桑的脸
年老的农妇把炊烟
种成一棵植物　月亮星星
都是它的花朵

娘啊　你明朝收获的太阳
能买回爹治病的药吗
他躺在床上半年有余

水折溪的刘老三

水折溪的刘老三得了怪病
乡里医生几声叹息把他吹进城里大医院
住院半月花光了一头耕牛的钱
瘤子还稳稳卡在刘老三的膀胱里

一万两千块的手术费　在刘老三头上
平添几道皱纹　刘老三的儿子
在县城高中毕业在即　要保命
又要保儿子的前途　刘老三
此刻眼前一片迷茫

困境使他打起了门前三亩稻田的主意
全家人赖以生存的命根子
有人敢买吗　刘老三病弱的身躯
在医院走廊上留下长长的影子

春到水折溪

阳光穿过林隙　暖暖地

照在水折溪河面上

那些薄薄的冰块再也支撑不下去了

大冰块化作小冰块　小冰块

被阳光击碎　融入河水

顺流而下　无数鸭蹼在水面翻动

爆芽的柳条拂乱涟漪

柳丛里漂来一只渔船

打鱼人用竹篙赶鸬鹚下水

这些长翅膀的动物　用金属黑色

叩问水折溪深处的秘密

春阳搅动水折溪的内心　船头

鱼尾弹得船板直响

清明雨

清明雨细如麻丝
弯来拐去在水折溪下了半月
还没有离去的迹象　门前柳树
被雨水泡出嫩芽　嫩芽又长成叶子
雨水顺着叶子滴下来　落在油菜花上
油菜花金灿灿地罩在雨雾中

雨中赶路的人为防滑　在脚上
套草脚马　谨慎地走在泥泞的山路上
他们中有老人　小孩　还有孕妇
穿行在雨雾苍茫的世界

我的表兄　侄孙和侄媳妇
也在人群中　他们赶来为死去的亲人挂亲
挂完亲后　还要到县城去销售
背篼里的土鸡和篮子里的折耳根

夜晚

天地一握手　夜晚就开始
低矮的山丘　除了山顶茅屋灯光
全笼罩在夜色里

不知什么缘故　几只暮归的乌鸦
在森林上空擦出几颗星星　仿佛
峭壁上岩桑的黑叶滴下的露珠
那些蝙蝠　萤火虫在星光下
拼凑图案　我看见一只被小虫诱惑的
蜻蜓　思路不断被夜风扰乱

夜晚是静止的　也是流动的
太阳像蛹钻进了厚茧
我听到了牙齿咬茧壳的声音

月亮

月亮　被诗人喝空的酒杯

杯口朝外　杯底隐藏起来

深不可测而且诡异

那些不喜欢黑暗的人　把黑色部分

想象成一棵树

杯里究竟装的什么　如同人心

既浅显又深奥

月亮只不过是起过滤作用的

什物　炽热的阳光穿过月亮

温柔如水　抚慰多少

受伤的心

五月的麦地

五月　黄澄澄的麦浪随风荡漾
地里的父亲仿佛也是庄稼
他以麦粒的方式搓揉着手中的麦穗
金灿灿的麦粒在他手里折射阳光
他完全忘记了身后的我

父亲的裤管上粘满了泥
像一根栽进泥土的植物　他在地里游走
考察麦粒的成色　估计今年的收成
麦田边一个不会走动的人　把我们
也纳入他的收成

阳光下的稻草人用麻雀的声音
向我们发问　我们和它
到底谁是麦田的守望者

张三老汉

水折溪的张三老汉卖了牛　好不容易

从病魔手里捡了条命　眼里的灯火

被腊月的北风吹灭　从此他的世界

变得阴冷暗淡　仿佛

生活的空间充满了黑色石块

他小心翼翼地从石块与石块的缝隙

找出一条路　他摸索着晾晒新收的稻谷和玉米

隔壁人家往锅里倒水的声音

提醒他缸里缺水　数着自己的脚步

一步不少地从井里把水挑进屋里

孙子放学　他才扬起满是汗珠的脸

慈爱地摸着孙子的头　感受幸福

获得简单具体的满足

父亲与一枚土豆

父亲在前面挖土豆　我提着篮子
在后面捡父亲漏下的土豆
大半天了　父亲见我篮子里空空
趁人不注意把一枚大土豆扔到我脚边
我正要捡　一只大手握住了我的小手
生产队长站在我后面　人赃俱获
篮子和那枚土豆摆在大队办公室的桌子上

父亲站在高板凳上接受群众批判
煤气灯下的父亲恨不得变成土豆
钻进地缝躲过这一劫
他没吃完家里的土豆和红苕　饥饿的
岁月就把他藏进了时间的尘埃　父亲在地里
成了枚长青草不发芽的土豆　从此
我只要梦到父亲就用泪水为他浇水

欠母亲一只鸽子

母亲　我可以买一百只一千只鸽子

但买不回您弥留之际要的那一只

那只鸽子飞出了我的工资　也就

飞出了母亲渴盼的目光　每月只发生活费的

工厂无法让我尽孝　作为教师

我只能晚上　节假日偷偷给别人家的孩子上课

挣两百元钱给母亲付药费　女儿上高中

需要花钱　我不断给自己加压

不争气的嗓子累成了咽炎　我充血的

声带也没能吼出一只鸽子　母亲没等到

我下月发生活费给她买鸽子　她带着鸽梦

去了另一个世界　以后每逢她的生日

我都要买一只鸽子祭她　但不是她要的那一只

住在野外的母亲从心里长出一棵树　树上

常有鸽子飞来停留　我总希望有一只鸽子

飞进土壤　圆母亲活着时的鸽梦

六月晒酱

阴历六月是晒胡豆酱的好日子

水折溪家家户户的院坝里

摆满了瓦钵　瓦钵里

全是待晒的胡豆酱　工艺不复杂

用石磨把胡豆弄成块状　再用

从山里割来的黄金叶发酵

然后放在院坝晒　霉衣褪尽

放水加盐再晒　戴蓝围腰的

二婆总爱在太阳最火辣的时候出来

用手揭去瓦钵上用来防蚊蝇的蜘蛛网

搅几下香味扑鼻的酱　食指蘸着酱

在舌头上尝尝　发出啧啧的赞叹声

惹来一群端饭碗的孩子向她讨吃

二婆抚摸着他们的光头给他们每人一点酱

四列三间

水折溪的房屋都是木结构　四列三间
黛青色的屋瓦　屋脊上是一个山里人
才看得懂的图案　正面是堂屋
神龛下摆放着一张柏木方桌
方桌上方有条幅　条幅上写着
冬除四难　夏免三灾
逢年过节便来这里烧香磕头
堂屋两旁是厢房　厢房里有两个房间
房间顶上是木楼　小孩住楼上
大人住楼下　厢房里留有客床
除亲戚外过路客也是客
不管贩牛贩猪还是挑担脚子
一席热话可省去食宿费用　天寒地冻
瓦壶里的苞谷烧喝得人暖如三春
四列三间的房屋胜过城里宾馆

观花婆

在水折溪　不管男女老少
谁只要头疼脑热或家里有异常的事发生
首先想到的就是观花婆　观花婆
收费不高　从不超过十元
焚香烧纸后　观花婆脸色变得铁青
问来人姓名　地址　房屋面南还是朝东
所求何事　然后观花婆边唱边说事
过世亲人在阴间缺钱花　要么
就修房破土犯了地煞　屋内哪颗钉子
钉错了位置　观花婆有时还替死人说话
说来还真像那么回事　当然会激发
活着的人的许多眼泪　怀念死去的母亲
我也去观过一次花　与已故的母亲
说了几句话　我热泪盈眶　可没有流
母亲在世时要求我有泪不轻弹

黄颈的叫声

大山里的人把野羊叫黄颈
大概和野羊黄黄的脖颈有关
许多年没有听到黄颈的叫声了
昨天夜里我真真切切听到了叫声
不是一只两只而是一大群
在这少有人居住的破落村庄　黄颈
携妻带子到村里旁若无人地活动
那声音凄厉中带着荒凉　听得人
浑身发冷　村里没有在月光下打吨儿的狗
只有几个瘦如枯柴的老人
我告诉他们黄颈来村里叫了　他们
不以为然地点点头　那漠然的表情
使我想起了他们过世后的村子
不由自主地打了个寒战

醒

陈继儒醒了　佘山未醒
他秉烛夜读　灯下著书
一本《小窗幽记》垫高了佘山高度
百米佘山有了巍峨形象
山因人拔高　人因山得灵

佘山醒了　陈继儒未醒
陈继儒醉卧三九两月
三月的清明茶兰笋　九月有莼菜鲈鱼
都是待客佳品　徐霞客　张弼
陈子龙　高朋满座
焚香小窗前品名人字画　思绪是
佘山鲈鱼　畅游于诗词河流

我手拿新挖的兰笋　踏着去岁的
枯叶　也想去和佘山的古人们品酒谈诗

寻泉

山高泉高

不管多高的山都有泉

有的山即便怪石嶙峋　周边

草木不生　泉水也会穿石而出

山里还有石碗盛水的现象

一块碗状的石头　泉水从石头里渗出

永远喝不完石碗里的水　行乡客或

赶路脚子走累了靠泉水解乏

佘山的泉在哪里　我从山脚

找到山顶　山上树木蓊郁

楠竹青翠　森林是泉水的根

有森林的地方就有泉水　难道佘山

只有森林没有泉　我从东佘山

找到西佘山　累了在天主教堂歇脚

圣母玛利亚慈祥的目光看着我

干渴的喉咙仿佛泉水滋润

原来泉水在圣母的目光里

泉可洗心

（刊于《文学报》2020 年 12 月 31 日）

月下佘山

月下佘山是一幅画　我到哪儿

找一个尺寸合适的画框

盛下东西佘山和山下月湖

不能漏东佘山的兰笋　西佘山的教堂

还有教堂顶上那轮圣洁的月亮

月下的天文台　月影塔不能忽略

佘山的古银杏树　香樟树　松树

楠竹林　林间的虎树亭

山腰的茶林　背竹篓的采茶姑娘

陈继儒的木屋小窗　以及

窗下秉烛夜读的身影　月下

探幽的陆机　陆云　苏东坡　杨万里

董其昌　徐霞客　先贤们的

脚印和文章必须入画

嵌进画框　天下有这样大的画框吗

下山的时候我才明白　原来

画框就是我的眼睛　我走到哪里

哪里的景色就进入我的视野

整个佘山就这样融入了我的记忆

佘山竹

佘山竹长在康熙笔下的兰笋山

不知何故康熙把佘山叫兰笋山

是不知山名还是竹林的苍翠

触动皇帝灵思　欣然提笔命名

三百五十多年过去　人们是在什么时候

还原了佘山的真名　无从考证了

叫佘山也好　呼兰笋山也罢

这些竹是谁也忘不了的　挺拔翁郁的竹

唤起历史记忆　陆逊　陆机　陆云

苏东坡　董其昌　陈继儒　徐霞客

他们都与竹有关　他们在竹下畅饮

乘酒兴作文赋诗　竹进入他们的诗篇

为佘山留下千年的文脉　从此

佘山竹有了自己的节日

白玉兰正盛开

我刚来松江　赶上
白玉兰正盛开　小区里的白玉兰和
小区外的白玉兰　一树树一行行
开出洁白的视野　像一双双
纤细的手　在翻新春天的云朵

我不知道白玉兰是上海市花
只觉得她是北方姑娘　挺拔大方
亭亭玉立于上海这座国际大都市
白玉兰不失江南女子的婉约
仿佛是从雨巷走来撑白绸伞的静女

我正欣赏白玉兰的时候　看见
几个上海姑娘　在晨曦初动的时分
傍树合影留念　几朵
玉兰花盛开在上海的早晨

播种春天

我是植树人　我在城市
播种春天　一棵树就是一片绿荫
我为城市撑起绿色的伞

早晨　春天在芽尖上睁开
露珠的明眸　在树叶间
一闪一闪地滑过潮湿的树干
滚落在树下的草坪
洗亮蝴蝶斑斓的翅膀
我头顶上飞翔着五彩祥云

我是植树人　春天就像
一个个音符在我指尖蹦跳
我把它们交给铁镐和锄头演奏
我真幸运　在这劳动的大合唱中
让春天的奏鸣曲响彻城市上空

捡烟头

清晨　带一个塑料袋出门

这袋子是专捡烟头用的

那些扔在街上的烟头　仿佛

叮在生活脸上的苍蝇

城市的美在瘾君子手下打折扣

我不是美容师　可我养成了一个习惯

二十年如一日把那些烟头

一个个请到它们应该去的地方

这活儿不累　却考验人

全凭耐心和毅力　那些烟头

躺下是一个顿号　收拢是

一个句号　堆起是一个惊叹号

我像汉语里的搬运工

弯腰把一些病句移走

一首关于城市的诗

似乎更美了一些

（收录于 2014 年上海文艺出版社出版的《风从浦江来》）

风从马尔杆草吹来

风会选择方向　从马尔杆草顶部吹来
扬起白茫茫的草絮　像赶着
一群迷路的羊　一会儿北　一会儿西
漫山遍野都是羊咩声

草絮下　走动着牧羊人和羊群
他们在风中结盟　羊不能离人
人更离不开羊　在水折溪这地方
羊就是人生命的价值

人和羊还有草絮裹在一起　由着风
也不完全由风　慢慢朝村庄挪动
有时顺风走　更多时候是逆风前行
默默承受风带给他们的一切

雪落黄昏

黄昏　雪在山村飘飞
树上积雪　山野一片洁白
雪在院坝越堆越厚
火塘前　温酒老人对雪并不关心
每年这个时节　雪都如期而至
雪对他太寻常　就像从风簸里漏下的米粒

土酒壶在几个土碗间游走
花生米供他们下酒　火塘里
烤山芋冒着热气　人们谈论
回家过年的子女和明春的农事

几个人影在窗外晃动　开门的
老太婆把雪花带进屋里
此起彼伏的牛哞声也挤了进来
苞谷烧里滚动的热话　增加了
牛羊还有鸡鸭鹅的话题

剖竹

剖竹讲究的是技巧不是蛮力

篾刀的刃口沿竹的经路走

骟然有声地将竹剖开

一剖二　二剖四　篾条小了再小

细细的篾条摆满月下院坝

篾刀贴竹青游走　青黄二篾

泾渭分明　篾条与篾条牵手　竹席

完成　青篾席度夏　黄篾席过冬

人们用的戽水笮　纤绳　簸箕　晒席

甑盖　刷把　背篓等　在篾刀下成形

竹器在山民肩上　闪悠地进城

看看城里的生活是啥模样

收藏者

我是我生命里程的收藏者
一盏多年前用的煤油灯
还摆在窗台前　童年的我
在灯下做作业　总希望
补衣的母亲把灯再拨亮一点

窗台外的土墙上挂着一张犁
铧口已经生锈　那些暗红色的物质
提醒我向父亲学犁田的日子
脚下涌动泥水　泥浪
伴着心事　在铧口下翻滚

我曾多少次把目光移出山外
又谨慎地把目光收回
如今一根烟杆握在手里
那是我最后的收藏品
烟锅里装着我对生活的思考

村庄

由水折溪上坡　翻过六座山

沿流水小沟走一里多路　再由

杏家林往上爬　顺石级走一段路

冉家坪就到了　这个曾居住八户人家的村庄

如今只有两户人家　一家姓张

一户姓姚　张姓人家的子女外出打工了

只有老两口留下看家　姚姓人家

就一个老单身　年过七旬婚姻无望

两户人家三个老人　抱团取暖

黄牛翻土　水牛犁田

夏收时节相互帮助　寒冬腊月

任苞谷烧在体内燃烧　寂静里的酒杯

低飞的蝴蝶　从一只手飞到另一只手

尽管有些摇晃　但滴酒不落

野外

猫腰穿行在密密的森林里
注视着麻雀怎样在林子里飞

树丛　几只斑鸠咕咕叫着
有两只突突地飞出灌木　斑鸠
看上去像极了鸽子　但人们
从不把斑鸠叫野鸽子
西山寺早已破败　断了香火
早年的僧人不知去往何处

今夜我会在古庙旁生一堆篝火
在火里烧几只鸟蛋外加两个绵狗苔
这符合佛家要求　不杀生又能充饥
不知古寺是否有佛骨舍利　还有
那位号休休和尚的得道高僧　能否
来梦中与我谈诗论画

放学

钟声在山里回荡
校长撒手
老师撒手
孩子们像星星点点的野花
开满了山野

山间泉水流走童音
喝够水的孩子　蹦蹦跳跳
背着书包　走进森林
小小的身影　穿越黄昏
把夕阳带进炊烟缭绕的山村
狗们围着小主人摇尾巴

晚饭后　做完学校作业
父母撒手　孩子们
在院坝玩打三尖角　跳房子的游戏
星星朝他们眨眼睛
山里的星星又大又亮

村口的风景

老槐树弯着脖子　努力
向远方眺望　树枝
随风晃动

一地落叶　瞬间
交出一个季节

村口　几双孩子的眼睛
望着向远方延伸的土路
灰尘模糊了他们的视野　亲人们
能否在下一个季节
踏雪归来　思念像黄昏时分的雾岚
在孩子们心头弥漫

屋顶的云

凝目故乡老屋顶上的云
那些不断飘走的云　使我想起
从我身边离去的亲人　他们
云一样从世代居住的老屋飘走
最先飘走的是我饥饿的父亲
接着是我年迈的祖母　祖母之后
是我患病的母亲　亲人们
飘浮得既沉重又缓慢
每走一个人　屋顶的炊烟就细了一丝
山风吹来云无影无踪　不再洄游
变细的炊烟仍在老屋上空缭绕
生活仍在继续　只是时光旧了
旧时光是挥之不去的往事　往事的
伤口里有深邃的爱与疼　真希望
亲人们变成的云朵　在老屋顶上
下一场酸甜苦辣的雨

买肉

陈老三从广东打工回来　好久没打牙祭了

为到镇上买肉　他步行了二十五里路

屠夫把一斤半肉割成了二斤　陈老三

一下犯了难　口袋里怎么也掏不出四十元肉钱

他大声告诉屠夫没钱了

屠夫鄙夷地白了他一眼　挖苦地

没钱声音就该小一点　陈老三

不甘示弱　说自己人穷志不短

屠夫鼻孔一哼　那就掏钱啥

多的半斤肉屠夫不愿割　陈老三不愿要

两人你一言我一语　说到气头上

差点动了手脚　我正好放学路过肉铺

问明原因　掏十元钱解了危

陈老三迫于无奈接了我的钱　末了

他狠狠瞪了屠夫两眼　气死人了

我知道贫穷不会把人的嗓门变窄

捕鱼

清晨　我们在海上学捕鱼
拖网随圆形浮漂　在卷扬机的
转动中　徐徐落入大海
渔船在浪峰上晃动
我们这些来自内地的捕鱼者
在颠簸的渔船上　接受大海的考验
我们中一半的人开始呕吐
没有呕吐的人　为了下海的收获
竭力控制自己　一群海鸥
在我们船头盘旋　我仰身靠着船舱
让难过的胃舒服一点　我不奢望收获的沉重
只要大海多少给我们点馈赠就行
轮机长一声吆喝　两个朋友开始收网
网里的虾姑　黄鱼　海鳗　海蟹　鱿鱼
在网里蹦跳　分鱼时仿佛自己也是一尾鱼
由一只无形的手一会儿放在这里　一会儿放在那里
生命鱼一般在时光的网里挣扎

仰望

雁荡山　夜空在月光下流动

只有目光不会流动　抬起头来

站在五十三年前　郭沫若

曾仰视过的地方　仰望

形状如鹰的岩石　在夜空展翅翱翔

穿越时空　搏击千年风雨

鹰翅闪动　半个多世纪过去

许多事欲说还休　我们在尘埃中

打盹的时候　瞬间

当年的人早已白头　郭沫若驾鹤西去

在天上街市寻找他诗歌的女神

我伫立石壁下　久久凝望那石鹰

任时光之河在我血管里滑流

记忆的微尘　岁月的沙金在脑海积淀

脖子酸了　我还在努力寻找鹰翅下

雁荡山的下一个瞬间

云

云无根　飘然自由

随心所欲地落在山顶

六根清净的云没在地上砸出坑

更没让房屋倒塌　大地受伤

实体的云高耸如山　屹立路中央

车不敢行驶　人不敢穿越

过路人连摸摸云的勇气都没有

生怕得罪神灵　转经筒响起

无数人跪拜　焚香　化纸钱

云啊　从天上来　回到天上去吧

行人祈祷　和尚念经

云睡佛般安详　留念尘世不肯离去

风吹了一个晚上　黎明时分

我发现广大无边的白云

不知去了哪里　行人也了无踪迹

写有唵嘛呢吧咪吽六字真言的经幡

在风中飘动

第一场雪

今年的第一场雪真好　在人们
熟睡之际　雪不声不响地到来
雪花撒满每一个角落

从睡梦中醒来的人们惊奇地发现
一夜之间　山白了　树白了　田野的庄稼
看不见了　它们躲进了厚厚的雪被
像个怕冷的孩子　黎明时分
雪纷纷扬扬下个不停

喂牛老头儿抱着一捆稻草
嘴里哈着热气　满头大雪
眉毛胡子都白了　惦记着牲口
雪地上留下深深浅浅的脚印

故乡空了

母亲走了　故乡空了
空得只剩下秋天的虫鸣蝉叫
空得只剩下几个头裹孝帕的人
在子夜的梦中徘徊

母亲　您是农历八月十八日早上
走的　您走得那样匆忙
我没来得及再为您买只鸽子
没来得及为您再洗一次衣
也没来得及为您配药　喂饭

信佛教的母亲相信人能转世
真能那样的话　我希望离您近点
我好在人群里寻找您
若哪位老人从外貌到内心都像您
我会动情地叫声妈妈

虫儿在叫　秋天的树梢偶有蝉鸣
故乡空了　我在空空的故乡惆怅

雪中行走

深山里的脚　每一步
都在雪上留下行走的痕迹
大雪纷飞　留下的脚印又被雪覆盖

穿白色羽绒服的乡村少女
独自在雪中行走　走着走着
白色身影融入雪花
雪野　剩下一片迷茫

路旁小溪　两只苍鹭起飞
翅膀闪动　羽毛上的雪簌簌落地
我眼前一片空蒙　模糊不清的视野
需要一次眺望

牧鸡

我窗前那片竹林就是乡村　林中
母鸡带着小鸡在觅食　神态安详
亲情和责任感包围着鸡群
公鸡在树梢司晨

春光包围的早晨　微具寒意
一个鸡贩子在竹林边停下
摩托车两边被竹笼包围的鸡直叫
叫声使我的鸡们充满警惕

竹林包围了母鸡和小鸡
公鸡颈毛竖直　守护它的妻儿
它忍受不了妻离子散的悲伤
要和鸡贩子拼死一搏

公鸡的目焰灼伤了鸡贩子的眼睛
鸡贩子从敌意的包围中退却
还鸡们宁静与祥和
这时候　我用一把苞谷缓解了紧张气氛

年画

放养的猪穿过院坝　走到门边

用嘴拱门　门发出一阵嘎嘎声

拱得木门上的肥猪年画直晃动

画上的猪看着现实的猪无动于衷

现实的猪不理睬画上的猪

继续拱门　越拱越凶

遭刀的　莫非没吃饱　刘二娘

从门里走出　接着用竹条赶猪

猪不叫了　在竹条驱赶下乖乖地

朝猪圈方向走去　木门不响了

年画里的猪和饲养人以不变的姿势笑着

春阳斜斜地照过来　猪和刘二娘的

影子长长地投射在地上

仿佛一幅现实版的年画

竹涧

一根一剖为二的竹　承载着
另一根竹的重量　中间没了隔阂
水的语言一路畅通
推心置腹

只有一根竹握着另一根竹
竹的一端才能抵达山洞的水源
许多竹节隐于暗处　心甘情愿
被生活忽略

留在外面的竹节　一路叮咚
清冽的泉水发出悦耳的声音
一定是在赞美生活　生活
为泉水滋润时　人们是否会想起
那些在洞中默默运水的竹节

思乡

故乡太远　远过了我脚下的路

思乡了　故乡就在梦中

梦中的故乡鲜活　生动如初

几十年风风雨雨　我早已两鬓斑白

皱纹满面　在梦中的故乡

我依然年轻　充满青春活力

母亲和所有亲人都在　天空依旧

蔚蓝　土地依旧葱绿　亲人们依旧

日出而作　日落而息　每逢过年

碓声此起彼伏　石磨响声不断

在犬吠声里　出门迎接拜年的远亲

一双手握住久别的亲情　有情的地方

不会寒冷　如今生活的城市

楼房很高　水泥地冰凉　人像风中落叶

来去匆匆　没有看清面容就飘走了

只有梦让我穿越时空　回到往昔

故乡再远也能抵达

如果

如果我是一只鸟
追求的不是蓝天白云
而是一棵可供栖息的树

如果我是一条鱼
追求的不是大海江河
而是可为我提供食物的浮藻

如果我是一滴水
绝不随波逐流
寻找一棵可容纳我的植物

历经跋涉之苦　仍无法找到
那棵树　浮藻　可委身的植物
我至今才明白　生活中
放弃了大的未必有小的

进入春天

春天　从寒冷冬天熬过来的一头牛
咽下最后一口干草　哞哞叫了几声
沿着铺满阳光的小路　在吆喝声中
走上山坡　留下一路蹄印

路旁长满鲜嫩的水草　黑麦草和马尔杆草
牛似乎不在乎这些春天里的草
它迎着旭日径直朝熟悉的土地走去
牛随清晨一起爬上山坡

如果将一头牛放大　一座青山
缩小一只劳作的蚂蚁　它体内的声音
引起大地的共鸣　它的劳动
使春天的颜色加深

我在绿色的田野驱牛耕地
铧口下翻滚的泥浪和我
一起进入春天

走进遗址公园

松江乃上海之根　广富林
却是松江之源　我庆幸
住在松江的源头上
我可以溯本清源　寻找
广富林的过去

我对广富林的过去产生了浓厚兴趣
一天信步由缰走进遗址公园　来到
水漫至屋顶的地下展厅　犹如
穿越时光隧道　先民及动物的
骸骨进入我的视野　随步前行看到

古代丝绸铺的生意红火　石桥上有手艺人
石桥边有卖花姑娘　德弘堂的
老板娘满面春风在招徕顾客
一条狭窄而拥挤的古街　把人们
引入现代社会　历史如长河
在我心里宽宽窄窄　跌宕起伏

广富林

广富林是历史长河的一滴水　从远古

流到现代　穿越了多少烟云尘埃

见证了新石器时代的石斧　青铜时期的

酒觞　这滴水不再远游　驻足松江

像一部神秘厚重的古书　将先民的

记载藏进被水淹至房顶的藏书阁

从此广富林不再喧哗　变得隐秘深沉

默默潜入松江的土壤　以它丰富的

文化内涵　滋润松江这上海之根

这根长成植物　开始抽芽开花

在艳阳高照的文化秋天　它的枝头

满是文人的名字陆机　陆云　董其昌

朱舜水　徐阶　杨维桢　陶宗仪　陈继儒

广富林推着松江文脉之车　嘎吱着

一路艰难前行

新竹

一根竹　从竹笋开始
长成竹有多么艰难的历程
小心翼翼地在竹妈妈身旁
探出毛茸茸的小脑袋

它要躲避那些贫穷的手
从他们贪婪的目光下逃生
藏在厚厚的竹叶下
听着那些心惊胆战的脚步声

有人提着篮子在竹林里搜寻
身子擦着大大小小的竹子

有人在它身边停下来
它恨不得重新钻进地里

好险啦　那人终于走开
感谢突然到来的春雨
它憋足劲一下从地里蹿出来
比竹林里所有的竹都高

山里的夜

夜深了　雾岚随风飘散
老人的咳嗽声　小孩的夜哭声
从山腰的村子传来

老人取下唇边的烟杆　哄着
哭闹的孙子　孙子入睡后
老人披衣到牛栏看水牛
野兽没伤牛　老人放心回到床上
想睡个安稳的回笼觉

老人刚睡下　听到狗朝村口咬
是过路人还是野兽进了村
他摸了摸床边的火药枪
随时准备关门外出
一会儿狗不咬了

我和老人一样　一夜没睡实
担心床上的孩子　栏里的耕牛
哪样都不能出错

大喊一声

生命中除了这座石桥　还有什么

让我从乡间小路　沿着记忆

一直走到往事深处　河面

鱼尾弹起水花

鸟翅扇动树叶发出扑棱声

赶集人的脚印延伸到看不见的地方

晚雾和炊烟遍布的河面

我一次次回过头去　寻找母亲

往昔的脚步声　还有那熟悉的唤儿声

我明白为什么周围空空荡荡　只有薄暮中

几个为抢季节　还在田里插秧的乡邻

陌生的薅秧歌重又响起　此刻

除了乡音　我是一无所有的流浪汉

呼吸着故乡潮润清新的空气

朝空旷大喊一声　母亲我回来了

粮仓

我家的粮仓有些岁月了　从饥饿年代

到现在六十年了　粮仓就建在床边

枕头紧贴着仓板　老鼠休想在此偷粮

一有响动便有棍子侍候　粮食是我们的命

守住了粮食就守住了全家老小的命

在粮食不重要的现在　年轻人

出山打工了　他们挣回家的钱

老一辈再种一辈子庄稼　也种不回来

不用种地　家里也有米下锅

人们不用粮仓了　吃粮进城买

粮仓一夜间消失了　唯有

我家的粮仓还在　有人说我固执

望着荒芜的土地　那些饥饿的镜头

一幕幕在我记忆里上演

心事像草

山不断缩小　山又不断放大
放大后的山　山下流淌着水折溪
水折溪旁是村庄

村庄说大也大　说小就小
大到三十几座房子占了半个坡
小到村里只有六个老人和七头牛
人声不响　牲口不喧
炊烟飘散　一片寂静

早饭后　母亲背着背篓上山丢灰
父亲挑粪到地　抹一把汗
为那些不要灰的庄稼施肥
桐子树上　鸟儿叫得正欢

常年在外的我望着老人
寂寞的生活　心事像地里的杂草
越长越长　水折溪在草边流淌

家乡的农民工

他是来自我家乡的农民工　一根
竹扁担上挂着两只铁钩子　铁钩子
交叉在胸前　短短的竹扁担
斜背在肩上　上高架扁担短方便
他手里拿着两对铁筐　这挑砖用的
铁筐吸引了许多好奇的目光
所有人除我外没人看懂这铁玩意儿
人们的注意力集中到他汗水湿透的
短裤上　蓝色短裤被磨得有些绽线了
再磨就露腚了　他向人们问路
没人搭理他　我主动用家乡话告诉他
到大学城地铁站乘 13 路公交车
正好与我同路　他说他要赶去
另一工地干活　晚了要扣钱
他匆忙赶车的样子　使我想起
年轻时那段民工生活

大路槽的高粱

松花江的高粱从歌声中走来

大路槽的高粱　谦逊地

把头低下　山东高密的高粱

从电影《红高粱》中走来　大路槽的高粱

再次把头垂下　对那些来自山西

宁夏　甘肃　陕西　河南　安徽　新疆的

高粱们　大路槽的高粱颔首致意

大路槽的高粱特别留意　来自

西沙群岛的高粱　这位最南端的

小弟　个头不大　招人喜爱

高粱们穿越热带　亚热带　暖温带　温带和

寒温带　五个气候区　相约茅台

那些高粱们昂头傲步　走过磅秤

只有大路槽的高粱　谦虚地把头

伏在秤盘上　让过秤人大吃一惊

大姨有口自热锅

姨爹死后　大姨一人
住在大山深处的村落里　寂寞时
她总想亲人们　常去走走

一天　大姨到了我们家
她神秘地对我说她有口自热锅
童年的我一下被那口锅吸引了
缠着大姨要去看锅

学校没放假　自然不能去
好不容易挨到暑假　跋山涉水
到了大姨家　发现大姨的锅
也是要烧柴的　只是锅底很薄很薄
薄得像一张纸

炒菜时　大姨从不用铁铲
只用竹片做的锅铲　竹片不伤锅
洗锅也不用坚硬的东西　买锅不易
大姨那口锅用了很多年

床边

床边　一只装稻谷的木柜
柜面摆着两件汗褡
汗味相投　亲密无间
不离不弃

床边　汗褡仍在木柜上
一件连衣裙爬上了衣架
连衣裙和汗褡有了距离
互不搭理

床边　衣架上除了连衣裙
还有一件西装　连衣裙
努力向西装靠近　一截
不长不短的心事从西装下漏出

吹痛

童年往事历历在目
在田坎上顽皮　摔跤了　头上
出现又红又大的包　母亲说
别哭　让我给你吹吹
母亲带汗味儿的气息　像一阵微风
拂过我的额头　似乎
疼痛随风飞走了

后来母亲老了　那年
她在遵义医学院住院
病折磨着她　她虚弱的身子
蜡黄的脸上满是痛苦　我真想
伏下身去　像母亲当年给我
吹痛那样　深吸一口气
把母亲体内的痛苦全吹走

止哭

小外孙脾气倔　一生气
就哇哇大哭　倒在地上
一双脚乱踢
鞋踢掉了　袜子也没了

一双赤脚　还不依不饶
我们全家急了　问宝宝要不要糖
要不要水果　要不要出去玩
小家伙一脸蛮横　一连几声
不要不要不要

还是外婆有办法　用好话夸宝宝
宝宝棒　超级棒
宝宝帅　将来讨个漂亮媳妇
全家为他鼓掌　喝彩　竖大拇指

两岁半的小孩　不知媳妇是什么
也不懂我们这些恭维话
可他马上破涕为笑
好话真是止哭的良方

穿行

弓腰穿行在长满马尔杆草的
田坎上　我和表哥都没说话
一群蚱蜢飞出草丛　落在
不远处的稻田里　起飞的
还有两只斑鸠　用鸽子的身影
把我们的目光引向一缕炊烟

村庄深处　有人用柴火烧饭
还有鸡鸣犬吠　我们进村
和为数不多的乡邻打过招呼
表哥打开锈蚀的锁　坐在
满是灰尘的条凳上　抽完叶子烟
开始洗从山下背回来的菜

夜晚就要降临了　久别的木屋里
我和表哥端起土碗喝苞谷烧
屋后　岩滴水叮咚地落入石水缸

6：44p.m.

在澳大利亚　6：44p.m. 正是黄昏
欧阳昱以这个时刻为题
要大家写诗　还说除非人心
结冰　我想是诗花必然会从
结冰的人心进出

诗未写好　上海已是早晨
一只蜜蜂和一只蝴蝶　正飞到
我的窗前　开始在窗台上
试探　接着大胆地飞了进来
房间里只有蜜蜂的声音　蝴蝶
没有声音　它安静地躺在地上

死如秋叶静美　我把它
从地上捡起　当书签
夹进诗集　不管诗还是非诗
就让它在诗的天地飞翔

蜜蜂孤单地飞了一会儿
又在书架上爬了一会儿　似乎

书香对它没有吸引力
它扇动翅膀　　朝窗外飞去

我真希望它飞快一点　　飞到
墨尔本　　告诉生活在春天里的
欧阳老友　　秋天不会结冰
春天更不会结冰　　此刻
正是上海六点四十四分

墓地

从我记事起　墓地
就和我的亲人们联系在一起
幼年时　父亲带着我每年正月初一拜坟
烧香化纸　向祖先们乞求平安
然后介绍逝者何人　辈分及名字
身前的一些重要事情

从我父亲上溯至最远的祖辈都不识字
他们的事靠一辈辈人口耳相传
我家世代铁匠　祖父人聪明
擅长医和骟牛马　当然打铁是主要谋生手段
生活再难不忘做善事
祖父把身上的皮褂子送了一个寒冷的人

在我记事时　祖母常烧一大瓦缸老鹰茶
让乡下的赶场人解渴　母亲
也做善事　晚年上庙服务　皈依佛祖
做善事的亲人们　已归于墓地前河流的
永恒波浪　每当我到墓地祭拜
一条河都在讲述他们的往事

村口的树

村口有两棵古树
一棵柏树　另一棵叫鹅掌楸
两棵树携手扶肩　默默地
站在村外几百年

几个壮汉围不拢的大树　仿佛
凝固了时间　几代人过去了
树还是以前的样子　童年时
我们曾用竹竿打树上的冰粉籽

大树馈赠我们几碗冰粉解暑
如今我们老弯了腰　树们
依然年轻　它们在风中浅唱
树下小河滋润着古树的根

秋望

秋来了　天凉了
村里老人们失去了活力
他们弯腰　喘息　咳嗽
用木锨晒苞谷　不时追赶
晒坝边偷食苞谷的鸡鸭

村口的狗在咬　有人进村了
老人们将目光投向村口
不自觉地朝荷塘旁小路张望
枯萎荷叶勾起老人们的心事

这把老骨头能撑多久呢
希望有人接替农活儿
他们木讷的脸上
我读懂了担忧与紧迫

熟悉

沿着熟悉的山路　踩着

厚厚的积雪　走进熟悉的村落

扬手敲那熟悉的门　一个

熟悉的声音好亲切　暖如

三春　我身上顿时没了寒意

再熟悉不过的表哥把我迎进屋里

火塘里　圪笽火燃得正旺

苞谷烧已热好　几个亲戚坐在火旁

等我喝酒　我说我有诗债

写完再喝　有人递我一截

木炭　我在土墙壁上

胡诌几句　发给诗社徐凤叶

然后我们举碗喝酒　边喝

边谈农事　山里的生活

搳拳声里有饮不完的亲情

劈柴

雪　压不住一缕缕上升的炊烟

在炊烟笼罩的院落

一个汉子在挥斧劈柴

他满头热气　往手心

吐了口唾沫　双手握住斧柄

嗨的一声劈下去　过了好久

山间才响起劈柴的回音

一位老人在劈柴声里走进村里　白头发白胡子

不停往手里哈着热气　汉子见状

停下手里的斧头　走上前

从老人肩上接下米袋子　篮子里的油盐

旋即从屋里走出　把劈好的柴火

抱到檐下堆好　沿山路朝城里方向看了几眼

继续劈柴　雪仍在下

山野一片迷茫　劈柴声

穿越风雪

红纸伞

松江很静　飘着
几十年前的细雨　还是
那条雨巷　雨中　竟然
空无一人　出奇的静

街上　公交车空空荡荡
有轨车空空荡荡
地铁里少有行人　细雨蒙蒙
只有一把红纸伞
在行走

红纸伞穿越寂寥
穿越空旷　穿越企盼与煎熬
穿越生死　无法抵达
婚姻的殿堂

烟杆

耐不住旅途的寂寞

刘三老汉掏出烟杆　卷烟

边卷边向我介绍抽叶子烟的诀窍

一要卷得松　二要抽明火

三要咂得勤　边讲边示范

按乡里规矩　烟吸着火后

他用手抹了几下烟嘴　把烟杆

递给乡邻们轮流吸几口　接着

大家赞这烟香味浓　劲头大

刘三老汉接过烟杆　贪婪地吸了几口

口水顺着烟杆流　当他吸得正欢时

车来到检查站　上来一个说普通话的

检察员　一把夺过刘三老汉的烟杆

要罚款　满车人都为他求情

好不容易免了罚款　相伴一生的烟杆没了

刘三老汉垂着头　呆若木鸡

吻痕

穿白大褂的妈妈走了　留在

小姑娘脸上的吻痕

还有余温　从此

她的脸上和心里有了温度

把弟弟的手放在她脸上

抚摸妈妈留在脸上的吻

温暖从她的脸　传到

弟弟心里　她把脸贴到

爸爸脸上　两颗硕大的

泪珠滚落在她脸上　酒窝里盛着

妈妈的吻和爸爸的泪

月湖

波光粼粼的　月湖　泛着许多

久远的故事　每个故事诉说着往昔

在那个不发达的年代　月湖

还未成型　怪石　荒滩加上

几块庄稼地就是昔日的风景

后来这里插满红旗　响起了快板

喇叭广播着工地快讯　人们开始放炮

钢钎铁锤　十字镐　锄头组成

劳动大合唱　那些靠扁担　竹筐劳动的人们

在建造月湖的工程中挥洒热汗

汗水湿透衣衫　汗水孕育了盈盈月湖

那些在湖边垂钓　在湖上泛舟的人

何曾想到水势森森的月湖

竟然是人工建造的杰作　月湖水下

蕴藏着多少待人发掘的故事

读月湖

月湖是阅尽　沧桑后
从天上掉落人间的
一滴清泪

佘山黎明时分　大地
硕大的叶子上　一颗
滚动的露珠

天文台　天主教堂　斜塔
都在盈盈波光中　折射
自己的身影　一群游客
不知不觉成了湖边风景

湖边雕塑

湖边　那些异国风味的雕塑
借佘山顶上的阳光　把自己的身影
投入泛着波光的水中　不停地
起伏变幻

这些异域情调的雕塑　要向人们
宣泄什么样的感情　谁也不在意
雕塑们要说什么　它们
凭什么占据湖畔　炫耀自己

雕塑群像应是当年挥洒热汗的
青春建设者　他们手握铁锤钢钎
肩挑背扛沉重的石块和泥土
他们的奉献和精神塑造了一个时代
这才是月湖最美的雕塑

二陆草堂

松江二陆草堂　使我想起

成都通惠门外罗家碾的杜甫草堂

两座草堂多么相似　一个经历

八王之乱　一个度过安史乱世

陆机　陆云为奸佞谗言　仰天长叹

壮志难酬　冤死在成都王司马颖的

鬼头刀下　杜甫在诗不能当饭的年代

白头搔更短　颠沛流离

于贫困中离世　文章诗歌带不来

锦衣玉食　带不来荣华富贵

诗文却能让他们的名字活着

只要人类生活还在继续

草堂上飘动的麦草　是否

在诉说这个简单的道理

读书台

读书台外千竿竹　读书台内
万卷书　从此汉亭侯之孙
东吴大将军陆抗之子　不像
父祖那样统帅三军　气吞山河
运筹帏幄　决胜千里

陆机　陆云兄弟潜心苦读
读《诗经》《易经》《大学》《中庸》
《论语》《孟子》及《道德经》
学富五车的兄弟俩　著书立说
《文赋》与《平复帖》　让他们
千古流芳

西晋太安年间的读书台　塑造了
二位学界泰斗　却未造就一代英雄
八王之乱轻易夺走了二位先贤的生命
云间历史多了两个冤魂　文人能
临流赋诗　怎能铁骑定乾坤

华亭鹤唳

头戴白帢的二陆　站立刑场

神情淡定　鬼头刀还未举起

大雾弥漫　大风折树　大雪满天

一尺厚的六月雪积在陆机　陆云脚下

慷慨赴死的兄弟俩未感一丝寒意

千古奇冤皆因小人谗言　昏王无道

陆机梦中的黑车帏　将成兄弟俩的

裹尸布　卢志　孟玖两条恶狗

撕咬两条无辜生命　兄弟二人喜欢的

鹤　穿越风雪　哀鸣不止

陆机仰天长叹　华亭鹤唳

可复闻乎　云间鹤寻得主人归

兄弟俩死后　归葬云间

周河套墓地仍有鹤悲鸣千古

秀道者塔

北宋太平兴国年间的月亮真圆
一座塔的影子在月下长大
一起长大的还有一个叫秀的僧人
塔二十九米身躯　沐千年风雨
巍然耸立如伟男子

得道者秀　行德者秀
聪道人曾坐禅塔　面对
青灯古佛　诵经悟道
秀道者三光聚顶　塔内潮音汹涌
风经过这里也参出许多道理

历经朝代　周围古物已随时光消逝
唯秀道者塔　依然站立在时间的废墟
秀道者已在火中圆寂　唯有道
留存人间　月下塔旁婆婆的竹影
扫不走往事里的沧桑

抗倭方丈

倭寇骚扰　生灵涂炭

松江百姓不能安居乐业

青灯黄卷诵不来太平盛世

方丈水清走出佘山寺庙　在秀道者塔下

振臂一呼　从山东招来高僧

目空　智囊　天池　玉田僧众百余

举起抗倭义旗　屡战屡捷

少林武功威震敌胆　倭寇望塔生畏

僧兵神勇　名播云间

获太平的民众　塔前祭拜

抗倭英魂　水清事迹载入史册

月下古塔是抗倭的永恒记忆

潮音庵

月影塔下潮音庵　诵经的潮声
响在修道者心中　一位叫秀的高僧
伴着潮音　涉水而来
面壁古塔　悟广大佛理

秀道者以觉悟之舟　度众生
入极乐之境　人生之苦
莫过于心苦　只要心灯常明
便有佛光相随　七彩光环
照彻前世今生

参与建塔的秀　走出潮音庵
端坐一堆柴薪之上　仰望佛塔
以意念引火圆寂　月影之下
肉身消逝　以灵魂完成秀字
向芸芸众生讲述秀字的含义

佛心未死

佛心未死　佛圆寂后
一颗发光的心交给了松江斜塔
斜塔本不斜　只因承接舍利时
恭敬地将身子前倾　一倾千年

从此　一棵古银杏树伴塔而生
树丫似手　扶稳古塔的沧桑
塔斜千年而不坍塌　全仰仗
银杏树赤诚守护

塔身虽斜　却不忘使命
胸藏一颗不死的佛心
在夜夜的诵经声中　大放光芒
普度在生老病死苦中轮回的众生

松江斜塔

谈到松江斜塔　人们首先想到的是比萨斜塔

不想上海松江也有斜塔　比萨斜塔

与松江斜塔相比　只能算小弟

松江斜塔建于 1079 年

而比萨斜塔建于 1173 年　相差近百岁

比萨斜塔只能甘居其后了　松江斜塔

偏离 2.28 米　倾斜度为 7.10 度

比萨斜塔仅为 3.99 度　比萨斜塔斜之不足

奇怪的是两座塔都向南倾斜

都是地质结构导致倾斜

不同的是比萨斜塔生在西方　受人追捧

松江斜塔建在东方　藏之深山

无人问津　如今旅游业发达

松江斜塔才进入人们的视野　陡然亮相

让骄傲了近千年的比萨斜塔汗颜

斜塔月光

皎洁的　一缕月光
不管从哪个角度看
月亮都是斜的

斜斜的月亮　斜斜的塔
仿佛一只翱翔的山鹰
斜翅抖落月光

夜深了　夜晚属于月亮
属于斜塔　月下诵经声
在塔尖回旋　缠绕

透明的佛指　抚摸
月亮　抚摸月下斜塔
千年历史在月光下复活

五月

缘于一场阵雨的到达

一朵花的绽放　一个人

把呼吸藏进草丛深处

几块石头　躺在溪水里望天

白云贴着荷叶的倒影流动

阳光在人们的喘息里　宣泄情绪

夏日的正午　忘却雨水

枝头保持着成熟的渴望

生活在槐花的气息里躁动　真实的五月

酸酸甜甜　我噙在嘴里不敢下咽

（刊于《人民文学》副刊 2002 年第 2 期）

采兰笋

一场下在 1720 年春天的雨　随康熙帝

走远了　雨脚还在佘山碎步行走

山路泥泞　泥土湿润

兰笋拱破山坡表层土　探出

毛茸茸的小脑袋　笋尖吐文气

一枚枚兰笋状如毛笔　哪支笔

是陆机写《文赋》用的羊毫

哪支笔是董其昌写诗作画用的笔

哪支笔是大儒朱舜水作文的笔

满坡兰笋多如繁星

使我想起许多文人的名字

徐阶　张照　杨维桢　陶宗仪　莫是龙

张弼　陈继儒　徐霞客　陈子龙

夏完淳父子　本月　王鸿绪

一颗颗闪烁在松江上空的文星

在佘山走了三百年的雨脚　终于

落下脚步　在初升的旭日下

我依竹寻笋　依笋听文脉流动

在辽阔旷远的佘山　我不知不觉

进入了千年的文学世界

鸟鸣

春天　鸟的叫声如此惊心
鸟在窗前叫　唤醒山里赶路人

鸟飞高空　人走山坳
山腰　八头牛和一群羊在吃草
村姑手握牧鞭　吆喝牛羊
声音像清脆的鸟鸣

赶路人从山里来　到远方去
他们抬头望山坡　低头
系紧草鞋带子　吆喝声
让他心里有了牵挂

（刊于《诗探索》2021 年第 2 辑）

礼物

九十七岁的岳母　又一次从死神手里
捡回了一条命　她活过来的第一件事
就是要送我礼物　还说人生无常
说走哪天就真的走了

她颤抖着从无名指上
退下裹了厚厚丝线的婚戒
要我给女儿　她的外孙女说
戴外婆的戒指能像外婆一样高寿

吩咐完毕　岳母从枕下拿出一本书
一本保存完好的《诗刊》
那是我五年前未带走的书
她看后为我保管了起来　还说这是
教人行善的书　要认真读　她说
她在世上活了九十七　见过善人
也遇过恶人　善人终有善报

说完　郑重地将戒指和《诗刊》交给我
还用颤抖的手轻轻拍了拍我的胳膊

（刊于《诗探索》2021 年第 2 辑）

手机丢了

出租车上　手机从我裤袋里溜走

开始了另一段人生　拾机者

不让手机出声　关机关机关机

手机遭受前所未有的压抑

老领导几天不见问候　心里嘀咕

长辈没收到信息　心里担忧

老朋友见电话不接　心里犯疑

最难过的是远方家人　心如水煮

还有群里朋友　久不聊天

心里泛起诸多猜测　人失踪了

还是有别的不测　要不

为什么老不联系　丢手机的我更急

几处快递信息全在手机上

我真希望拾机者变成手机　让众人

把他不光彩的内容关机

雾中

晨雾紧裹山村　雾中
王老二朝草垛走去
他要抱草喂牛　发现草垛下
蠕动着一个可怜的行脚汉

如此高大汉子也被饥饿击倒
大汉是邻县正安人　广东打工回来
没了盘缠一路步行　讨饭为食
没想到最后一程路　他却走不动了

乡邻们把他当贼　要打他
王老二挡在前面保护他　并喝退邻居
把大汉领回家　住了两宿
将卖菜挣来的二百元钱全给了他

大汉回家后将恩人的钱
买了头小猪　小猪养大卖了再买
几年养殖　他家富了　特来绥阳报恩
王老二推脱不得接受了回报
这一切都发生在雾中

当家为人

几十年前的一个下午　素芬　菊儿等
几个姑娘　羡慕地看着嫁干部的刘桃
外面穿的灯草绒　里面穿的毛线衣
开始谈婚论嫁

常给别人做媒的大姨　从旁经过
她朝刘桃鼻孔一哼　好吃懒做
嫁干部　想走东走西嫁司机
当家为人要嫁农民

这句话我嚼了几十年　为什么
要舍其好而求其次　直到
新娘进了门　床上有了婴儿的哭声
我才悟透了当家为人的含义

鸭棚子

鸭棚子很简单　几张篾席
一条形木架组成的游动家
一个鸭客赶着一群嘎嘎叫的鸭子
逐水而牧　晚上在收割后的稻田安歇

鸭客单身一人　无牵无挂
一根鸭竿赶着几百只鸭子
出门就几年　穿乡过县
生活靠卖鸭子和鸭蛋

我羡慕鸭棚子自由自在的生活
恳求那老鸭客带我去牧鸭
吃养鸭人的铁罐子饭和煮鸭蛋
老鸭客长长叹了口气　拒绝了我

走出大山

父亲死得早　我过早地经历了

生活的艰辛　捡柴打猪草

除了犁田几乎所有农活都会干

学校放假　我就和表哥一家一起生活

幺姨说我像山里人　让我留下

好给母亲减轻负担　我欣然同意

不管我怎么干农活儿　手指头

没有表哥那么粗　乡邻们说

手指尖握笔杆　你是读书人

劝幺姨别误了我的前程　第二天

幺姨叫表哥送我出山　临行前

给我背篼里装满了红苕　糍粑

在山顶和表哥分手后　背着四十斤东西

默默走了十几里　我边走边回望

那条从山里向前延伸的路

长马桑的地方

饥饿年代　母亲和我空着肚子

来到大山深处的幺姨家

幺姨说城里人住在光石板上

没有粮食　挖野菜也找不到地方

她在偏僻的树林边　给我们找了块地

那片山地长满了马桑　我看不中

告诉母亲青杠林前那空地不错

母亲笑了　火不烧山地不肥

石头拉屎肥万年　长青杠的地方不出种

长马桑的石疙瘩才是好地　果然

在长马桑的地里　不用多少肥料

年年收获喜人　荞子颗粒饱满

苞谷个大结实　从此这长马桑的地方

连同亲情永远留在我的记忆里了

农谚

太阳用金线绘出二十四节气

这些节气从此住进了农谚

山民们依据农谚播种收割

七月葱　八月蒜　腊月土豆　清明秧

清明除了撒秧种还是种苞谷的季节

记住农谚　就不会违农时

等于一半庄稼进了仓　在山里时

表哥要我把清明这个月的天气做记录

并要我记下收早苞谷的时间　我很纳闷

他要这些数据干啥　后来才知道

在清明前十天下种　苞谷能摆脱天旱

而且颗粒大　表哥的苞谷年年丰收

让许多人眼馋　在几杯热酒下肚后

表哥把这农谚的奥秘告诉了乡邻

任家坳

任家坳　有许多破败木屋
任家坳　只剩一个老人

自耕为食的老人死后
这里就是无人村

往日的鸡鸣　犬吠　牛哞
将随最后一缕炊烟飘散

西山寺

僧人　月亮上升时刻
融入月色　一颗
寂寞打坐的种子
种在寺庙的虚空里

僧人　双手合十　佛经
在木鱼声中飘向远方
十里山野　只有寺庙　僧人
还有半个月亮

夜宿山寺　静观弦月
体味佛经里的思想

黄昏雨

像一场婚变　或者
无依无靠的晚年　黄昏雨
在山间遍布寂寞

谁与雨中落日做最后坚守
用一声石头的信念
鼓励风中摇曳的树梢

牧羊人松开握鞭的手
赶羊归栏　腰间的酒葫芦
滋润喉咙里的民歌
哀愁和往事在雨中发芽

（刊于《诗歌月刊》2005 年第 7 期）

雾中

山里雾　白茫茫一大片
伸手去抓　手心
微微有凉意

行走在雾中　开始
还看得见彼此模糊的面影
听得到湿草鞋贴着脚　踩在
茅草路上的响声

在弯腰系鞋带的瞬间
雾隔开了我们　像生命
无声无息　消逝于
时间与沧桑

种故乡

想故乡了　我就把故乡种在楼上
春种苞谷　辣椒　丝瓜　冬种
土豆　白菜　胡萝卜　用不着
在家乡干农活儿那样艰辛　不多的汗水
换来丰硕的收获　我在苞谷棒子下
听夏蝉的叫声　看丝瓜一条条挂在
栏杆上　那是我在踮脚眺望远方的故乡
仿佛看到了乡邻们劳作的身影
夏夜　我们在葡萄架下谈农事
冬天　大雪封山　我们围着火塘
烤土豆和红苕　盼胡萝卜快长大好过年
土碗里盛着自家酿造的苞谷烧
酒喝不够　话说不完
如今不能面对面彻夜长谈
只有靠这种出的乡情　思念故乡和故人

站在母亲床前

母亲走了多年　床还在
我站在床前　怀念母亲
那时我还是孩子　看着母亲
疲惫的身子问她累不累

母亲摸着我的头笑了　父亲去世的日子
我和兄弟就是母亲的希望
为让母亲休息　祖母
总催我们早上床睡觉

后来祖母走了　母亲老了
再后来母亲病了　我拉着
母亲干枯的手不愿放开
知道我不松手·母亲也会走的

我能握住母亲的手
可握不住时间的手

山里的黄昏

晚霞还未收尽余光　几声

催人吃饭的吆喝声　贴着竹林

飘向不远处的山坡　坡地上的人

挥着竹鞭把吆喝声　从牛背

往自家院子里赶　吆喝声里

除了家人的等待　还有农忙的信息

管活路不管时间　山里人没有作息制度

人和牛踏着星光归来

夜幕下的脚步朝吆喝声

出发的地方走去

招蜂

蜂群出现了新蜂王　蜜蜂

分成两个群落　一个选择留守

一个就要远飞　多情的蜜蜂

绕着主人的院坝飞　不忍离去

知情主人　赶紧打开事先准备的新蜂巢

在竹竿上挂上涂有蜜的笋壳

嘴里念念有词　蜂王嗅到了蜜味儿

落在招蜂人肩上　一会儿

招蜂人身上落满蜜蜂　最后它们

沿着招蜂人的竹竿指引　飞进

新蜂巢　开始了新生活

我想那些走出大山的人们是否

也学蜜蜂回到故土

唤羊

那是谁家的女娃　站在风中
手握牧鞭唤羊　还有什么
让人如此揪心　她每唤一声
头羊抬头　羊群抬头
又低下头吃草　不理主人

这样反复　她声嘶力竭
偏西的太阳像一盏灯
即将熄灭于山垭口　贩牛客
走来　有人划燃火柴抽烟
淡青色的烟雾绕着他鼻尖
然后飘走

小女孩不再呼唤　她穿过小树林
走向草坡溜达的羊群
羊们惶恐地看着她　咩咩叫了几声
牧鞭准确地打在头羊身上
羊群便沿着熟悉的路　朝村里慢跑

采蜜的人们

采蜜的人来自四面八方

摩托车　电瓶车　自行车是他们的翅膀

他们要和地铁　有轨电车　公交车竞赛

太阳是公正裁判　车轮是秒表

不管从乡村出发　还是

从城市的街巷动身　准时

都是务工人的唯一标准

工厂要准时开工　商场要准时开门

快递邮件要按时交付　车间　商店

超市　餐馆　邮局等　这些生活的花朵里

都有人们忙碌的身影

他们蜜蜂一样酿造幸福

迷路

山里行走　迷路常会发生

迷早不迷晚　可怕的是晚间迷路

左望是山　右望还是山

夕照下　脚下的路但渐模糊

此时不要抱怨山高林密

暮霭时分　记忆也会不清晰

要紧的是寻找晚炊　再高的山

高不过炊烟　再远的路也有人家

沿着炊烟的方向　我在掌灯时分

找到了一户人家　主人非常好客

从厢房里拿来苞谷烧　我们边聊家常

边喝酒　我还收了个大山里的干儿子

从此山间有亲戚来往　以后

不担心再会迷路　第二天大早

干亲家送我出山　踏上归途

人生也会迷路　谁来指点迷津

磨刀

磨刀石上有岁月走过的痕迹

中间深深地凹下去　像个驼背老人

尽管生活艰辛　我们仍负重前行

磨刀石磨过菜刀　柴刀　猪草刀

镰刀不用磨　钝了就到铁匠铺錾錾

我浇水磨刀　父亲抽着叶子烟在一旁指导

菜刀刃要薄　柴刀磨时要留有厚度

那样才不容易卷刃

不一样的刀要有不一样的磨法

我还缺少时光和生活的磨炼

不像父亲那样饱经风霜

磨刀石上有岁月走过的痕迹

我是一把需要在磨刀石上开刃的刀

收割前夕

田野一片金黄
人们都盼着早点把庄稼收回家
割早了　要损失眼看到手的粮食
割晚了　米卖不上好价格

我看到陈火生每天在田头上看谷
他把稻谷放在牙齿上轻磕
他用稻谷发出细微而清脆的响声
判断开镰收割的时间

他递给我一支烟
用眼睛盯着我征求意见
我看着那一片金色的稻田
仿佛看到了陈火生
数着钞票的笑脸

阳雀

归归阳　归归阳
阳雀一声接一声地叫
一会儿在山顶叫
一会儿飞到鹅掌楸上　有时
还飞到牛背上叫

我和表哥在茶林里采茶
翠牙茶的形状多像阳雀的嘴
清明前的春雨来了
背篓里装满了阳雀的嘴
它们也在阳雀的叫声中长出了好味道

阳雀一声接一声地叫
春天来了
它们焦虑地催促着采茶人
一会儿飞到鹅掌楸上
一会儿飞到牛背上
它们在一声接一声地叫

梦打铁

昨晚在梦中打铁
开始抡二火锤当徒弟　后来
握手锤当师傅
锤锤砸在毛铁上　火花飞溅
围腰布烫满了洞
好像漆黑夜空里的星星

星星衍生成闪动的汗滴
从爷爷脸上淌下来
从奶奶脸上淌下来
从父亲脸上淌下来
奶奶说　几十年树也烤干了
何况人呢
铁匠是我家几代人的名字

打铁的滋味儿　只有干过的人才懂
碰到诗友杨先生　他竟用打铁做名字
有时我真想问他
你的打铁是现实的还是幻想的
几次冲动都欲说还休
心里话积久了就有了这个梦

小木桥

小木桥　承载了几代人的足迹
靠几根木头　几块木板
兀立荒野　护栏早不知去向
小木桥在风雨中显露沧桑

厚厚的木板被草鞋磨薄
如同村里的一位老人
坚守着生活　迎送着过往行人
每次回乡
我总要在桥上站一会儿
望着村里升起的炊烟
脑海浮现出童年的时光

一座陈旧的小木桥
它记下了往事　乡情和亲人
它在脚下发出响声
仿佛我许久没有听到的乡音

张豆芽

从外地回家过年　在村口
碰到儿时的伙伴张豆芽
张豆芽的学名叫张富贵
可自小　他的衣服补丁摞补丁
灶上的锅漏了歪着用　炒菜时
火苗能从裂口蹿上来
张富贵既不富　也不贵

如今　张富贵和自己的名字粘上边
扶贫进村　他学了一门生豆芽的新手艺
黄豆芽　绿豆芽　花生豆芽
米豆芽　巴山豆芽等　应有尽有品类多

张富贵卖豆芽发了财
城里开了豆芽专卖店
开着辆货车走城乡
张富贵本名再没有人提
水折溪多了个不大不小的名人张豆芽

圪篼火

冬天大雪封山
我们在山里烤圪篼火
屋檐下的树圪篼抬来放在火塘里
点燃周围的引火柴
腊肉架上包裹着浓烟
油脂一滴滴垂落
明火噼噗　燃烧着家的温暖

土豆　红苕在火塘里烤着
一壶苞谷烧　道出了各自一年的遭遇
长猪　短马　秤砣牛
打柴　采药　盖新房
几口酒下肚
就有了庄稼人说不完的事情

圪篼火越烧越旺
新年的氛围里　亲人们围火而坐
圪篼火仿佛几双温暖的大手
紧紧抱住了亲人们的温情

遇老乡

在上海茫茫人海里　我居然
碰到了一个村子的伙伴
多年未曾谋面　但乡音是连接我们的线
他儿子研究生毕业来了大上海

我们有机会见了面
年轻时铁匠夫妻拼命挣钱
如今他们老了　铁打不动了
在山里自食其力地干些拿得起的活儿
一双儿女上大学改变了命运
一身病痛伴着生活的艰辛与无奈

如今的村庄　果树无人采摘
井水常溢出井沿
他和老伴每年养一头猪过年

我们端起酒杯　说起
童年　往事　打工　跑医院
生活的不易在异乡多了一丝温暖

山间午餐

山里人的午餐很特别　无桌无椅
管活路不管时间　活路告一段落
午餐就开始了　女人解下背上的孩子
男人为她折来树枝当筷子　从树上
取下瓦钵里的饭菜　分一半给女人
女人从碗里扒出一点给男人

女人还在给孩子喂奶　男人
已吃完午餐　从女人手里接过孩子
用父亲的慈爱哄着孩子　孩子
吸足带汗味儿的奶　在阳光下
露出甜蜜的微笑

夫妻俩看着微笑的孩子　心里甜甜的
孩子如接受阳光般接受
父母的爱　嘴唇微微动着
仿佛要说什么　孩子心里的阳光
让他会说话的时候再描述吧

树在旁边

身旁的树
默默站立村口　已有几百年了
前辈的前辈甚至更前辈的人
在童年时就认识了树

人和树彼此了解　树给人阴凉和
鸟鸣蝉噪　人给树当儿做孙
世代守望　一代代的人从出生到老死
树却没有半分衰老　依然
铁骨铮铮　枝繁叶茂

傍晚　我们七八个乡邻
手拉手簇拥在树的周围
用血肉之躯去丈量树　体味
大树父亲在生活中的定力
以及对故土的眷念和热爱

不一样的袜子

小时候家里穷　袜子也惜着穿

母亲给袜子做了袜底　这样

一双袜子可以当几双袜子穿　袜底

坏了就不断换　右脚袜子

比左脚袜子磨损得快

几年下来　右脚袜子无法再穿了

左脚袜子却好好的　于是

左脚袜子又陪着另一只右脚袜子使用

这样两只新旧不一　颜色各异的

袜子套在一个人的脚上

上学时　为了面子　我总放下

裤管　罩住两只不一样的袜子

母亲明白我的心思　告诉我

惜袜有袜穿这个简单的道理

几十年来我一直用这个道理　教育

我的孩子及外孙

酒杯老了

人老了　酒杯酒壶也老了
人年轻　酒杯酒壶也年轻
酒壶喝空了　再灌一壶
每次聚会都有年轻的新朋友

酒喝到中年　人数固定
各自的酒量也固定了　不增不减
年轻时酗酒大醉的事没了　上有老
下有小　肩上压着生活的重担
靠酒缓释身体的疲惫

重担没了　人也老了　酒杯
逐渐减少　老酒友陆续缺席
不再相见　留下酒杯
空守寂寞　在人生的黄昏里
独自举杯呷一小口　慢慢地
回忆过往岁月

交流

农闲时的山村大院是山里孩子们

交流的好地方　这时开饭准时

我们各自端着饭碗　走出家门

在院坝里相聚　张火儿碗里的菜

扒一部分给李土生　菊儿用碗里的辣椒鲊

去换刘花儿碗里的米豆酸菜　有孩子甚至

把嘴伸到别人碗边　吃几口

别人的饭菜　就是同样的饭菜

也觉得别人的香　伙伴们都喜欢吃

我碗里的饭菜　因为母亲烧的东西好吃

当然他们也把碗里的东西扒点给我

一顿饭后　我们都觉得满足开心

大人们看到这种场景逗趣地说　这是在

开交流会　这种方式增进了我们间的友谊

几十年后　童年的生活都值得回味

岩滴水

岩滴水　沿着长满青苔的岩壁滴落

像故事里的一个情节　有汗味儿

还有苦涩　长途跋涉的贩牛客

行路的脚子　山里打柴的人们

背着猪草赶路的村姑　赶场

归来的山民　还有放学回家的学生

所有故事里的人们　在湿漉漉的

岩壁下仰起头　张大嘴

任一滴滴晶莹清凉的甘露　滴入

干渴的喉咙　响起满足的

吞咽声　喝够水的行路人抹去

唇边的水珠　重又继续行程

我曾是家乡岩滴水的常客　岩滴水

留给我几多回忆　如今滴进我的诗里

守嘴

春节踏着雪花　一天天临近
平时寂静的山村　杀猪声
此起彼伏　山里的孩子们
聚集在杀猪人家的门口　吃刨锅汤
这是山间不成文的规矩

孩子们的到来　使这户人家
平添喜庆　专门为小孩们摆席
小孩们也乐于这种守嘴活动
孩子们站在门口　眼睛望着
陆续摆到桌上的菜　等主人发出邀请

主人们热情地把这些孩子　请到
桌旁坐下　接着就开始狼吞虎咽地抢食
母亲认为守嘴养坏了孩子的习惯
尤其是到亲戚门口守嘴　人穷志不短
我和兄弟对这份口福从不感兴趣

老人与小孩

孩子们在游乐场玩耍　笑声
沿滑梯落下　落在
大人们目光不能延伸的地方
突然一双控制不住的小脚
落在另一小男孩的头上

哇的一声哭叫使一位爷爷
从地上蹦起　扬手
给那双小脚一巴掌　手未收回
另一双手挥出拳头　打了他一趔趄
两个老头儿把游乐场的欢乐击碎

当两老人去医院疗伤的时候
两个小孩破涕为笑　又玩在一起
仿佛什么事也没有发生
他们交换玩具　玩兴正浓
那两个爷爷能和好如初吗

雾中行

生在山里　最熟悉的景观莫过于雾
山里人把雾叫罩子　雾像白色的
帷幔　笼罩着远山近岭
雾生于何处　这是我儿时就想弄清楚的问题
至今仍脑海一片迷茫

有人说雾来自水田　朝阳下
雾从水田升起　还有一说雾生于山林
太阳升高　雾还在树梢缭绕
久久不肯散去　乡邻们各持己见
谁也说服不了谁

童年的我　曾追逐雾的尾巴
来到雾升云飘的大消坑
难道雾源自消坑　雾生哪里不重要
打工的人们雾中出行　只闻声
不见影　他们在雾一样的人生中
寻找属于自己的那份生活

竹笛柳长贵

柳长贵生来就和音乐有缘
摘片树叶在唇边就能吹出曲调
他从小就迷上了竹笛　家穷
没钱买乐器　他砍来竹子
用小刀在竹上雕八个孔　笛子做成了

柳长贵没花多长时间　就把笛子
学得有模有样　后来他加入村里的乐队
哪家有红白喜事　就有他的身影
他成了水折溪的竹笛男神
竹笛给他吹来个漂亮婆娘

没多久柳长贵当了爹　上有老
下有小　柳长贵靠竹笛养不了家
女人受够贫穷　随一个
四川木匠跑了　柳长贵既当爹又当娘
在人前拿着竹笛装硬汉　心里却流泪

送饭

山场大　干活儿的人远隔几座坡
中午吃饭靠送　送饭的妻子
把热饭放在甄钵里　在饭上加上
辣椒鲊和炒碎菜薹　把甄钵
用塑料袋套好　放在加了
农家肥的草木灰上　随手
提上茶壶出了家门　丈夫公公婆婆
全在山上犁土种苞谷　清明前
这是种苞谷的好时间　这时下种
能躲过天旱　还能增产
季节催人　送饭人加快脚步
饭送到后　干活人停下手中活路
在地头折断几根树枝当筷子　看他们
就餐的样子　仿佛在品尝一顿美食
送饭人趁他们吃饭的时间　开始
在地里打窝放灰肥　丢苞谷种
布谷布谷　几只布谷鸟叫得正欢

老乡

上海清晨　在做核酸检测时
我碰到了贵州援沪的医生　她告诉我
她来自绥阳县医院　还说家乡
送来许多车蔬菜　这些蔬菜
分别来自枧坝　黄鱼江等乡镇
他们星夜兼程　人息车不息
两天就赶到了上海　家乡人真好
在相同的乡音里　我感受到了
亲人的温暖　家乡的嫩南瓜
与别处不一样　口感很好
有特殊的清香味儿　吃着家乡菜
仿佛又回到了故乡　融进了
阔别已久的乡音和乡情

水竹

从故土移来的一段童谣
当春天爬上阳台　满目尽是
蓊郁乡情

透过密匝的枝丫　我看见了
山里的四季和终日劳作的
父兄们　沿着高高低低的田坎
踏月而来
异乡漂泊的夜　把耳朵贴近
竹林　就能听到婆娑的乡音

（刊于《山花》1999 年第 12 期）

淀蕨

山里的活儿　我最喜欢的
莫过于淀蕨了　当年我和表哥
把从荒坡上挖来的蕨根　在溪水里
洗净　然后放在溪边的青石板上
抡起手中的木槌　反复地砸
蕨根在木槌重击下变成了糊

我们再把糊状的蕨根放进盛着泉水的
挞斗里过滤　看着水中的月亮和星星
真有诗一样的意境　在竹箕搅动下
月亮时隐时现　就像那些过往的岁月
闪动着回忆的波光

经过一夜沉淀后　我们把蕨粉
从挞斗里弄出来　在太阳下晒干
做成一个个蕨粑　我想人生也需要沉淀
把那些美好的东西留存在生命里

山谷传音

大山里没有电话　人们
用山谷传音　有事时
出门朝对面山上一呼
声音便传了出去

呼喊声久久在山间回荡
有事方必须掌握好音量
节奏也要恰当　听话的人才明白
对方要表达什么

春节拜年　告诉山对面的亲戚
不要因事外出　便站在山头一呼
亲戚便留在家里迎客
这种交流方式　既简单又便捷

山谷传音为人们省去许多麻烦　因为
声音比人的脚步快　声音早到了
翻山越岭却要走半天

回乡

刚进村口　看见几只
嘎嘎叫的白鹅　跑来几只狗
围着我嗅了嗅　亲热地摇着尾巴
刚生完蛋的母鸡　咯咯地
跑到院坝吃苞谷粒

打工回来的乡邻　让冷僻的
村庄有了生气　屋脊上又可以
看见缭绕的炊烟　圈里
有了猪叫牛哞　我遇到
牵牛打田的张火儿

他笑着和我打招呼　递了支烟
深有感触地说　还是回家过日子强
收入没减少　照顾了老人和孩子
他指着满坡的果树　望着
奔跑的羊群　眼里流露出幸福与满足

荒凉

冉家坪在山顶　杏家林在山腰
两个村子的距离
是一段长长的石梯　石梯两旁
几块贫瘠的稻田　伴随
石梯直通山顶

山顶　一道围墙围着几户人家
这是一个村民组　打工的走了
进城带孙子做家务的走了　如今
两个村子不到五户人家
老人和儿童是村里的常住人口

冉家坪的人赶场　顺道
邀杏家林的人　出门
赶猪牵羊　背篼里是鸡鸭鹅
归来　空空的背篼装着药和作业本
在山道上吼几声给自己壮胆

三步石

王贤良老师把深夜的台灯　钢笔
信笺化作三尊石头　他站立在
诗河汹涌的水中　让初学
写诗的作者踏着三步石过河

当年您牵着我们的手　一步步
从您编的《苗岭》　走向《诗刊》
《人民文学》的大雅之堂　并在
中国作协会员的名单里留下了　何居华
黄明仲等人的名字

还有吴仲华　马家华　向典　卜宗学等
许多人走过三步石　像山花
盛开在贵州诗坛　四十多年的往事
在我们心中鲜活如初　积劳成疾的您
却到了人生的黄昏　真想让诗
成为河石　让您从生命的那头走回来

九十九道湾

沿河而走的曲折　像灌满

阳光和苦水的生命　梦

从我心里　裂开一道口子

举一孤叶　在前人的烟圈里

奔突

那些河湾的绳套　禁锢了

多少村庄　老人们跌倒在

自己的脚印里　我努力站立

提起自己的脚

成为风景的一棵树

从睡眠中醒来的火苗　在骨肉的

最深处跳动　一套马车

载着旭日飞奔

钻出河套的路击中远方的目标

（刊于《山花》2000 年第 12 期）

大娄山

群峰起伏跃动之上　你是

大地挤出的浪花

一页信笺把你捎给世界

你坐在笔端旅行　看月亮和太阳

怎样在山顶结婚

薄雾散去　星星点点的野花

闪着泪光　悄悄用微笑

包围我　而我在

逝去的马蹄里绽放

凝望远山　在森林深处

泉水的透明里　谁与

岩石保持一种默契　脚下

所有山峦都成了泥丸

（刊于《山花》2000 年第 12 期）

打草鞋

在山里　我们打草鞋

就是用生命丈量生活　小时候

父亲在草鞋架上打草鞋　我默默地

看他把竹麻绳套在草鞋架上　然后

加草添竹麻　他用力勒紧

生活发出一阵吱吱声　长大后

自己也打草鞋　打一双草鞋

套在脚上　上山砍柴下地干活儿

穿着草鞋　去远处的土坪镇

买猪贩牛　也穿着草鞋

穿草鞋适脚　什么样的路

都走得顺　只有一次没穿草鞋

那是相亲　怕姑娘看不上

麻雀进城

麻雀进城先于打工的人们　麻雀

飞离满是化肥农药的土地　落在城市

行道树上　落在绿草如茵的草坪上

麻雀在城市觅食　在城市人们的

宽容里　麻雀有了安全感

大胆地在生活的缝隙里穿梭

麻雀站在医院窗台上　用清脆的

鸟语给病人以安慰　帮他们

树立生活的信心　在幼儿园的

操场上逗小朋友玩　在追逐声里

体会童年的快乐　夕阳下

簇拥在孤独老人身旁　给他们

儿孙绕膝的幸福感　生活在

城市的麻雀　既忙碌又充实　有时

我在房顶上　听它们叽叽喳喳地讨论

什么时候也要回家看看

黄昏的呼唤

父亲死在那个饥荒年代
祖母白发人送黑发人　心中的痛与苦
只有母亲知道　从此我和弟弟
在祖母眼里比她的命还重要

每到黄昏　祖母站在门口
扶着柜台　一遍遍喊着我和弟弟的乳名
生怕有什么意外　我在河里游泳
祖母扶着拐杖　缠小的脚站在河边
我上岸时她已声音嘶哑

卧病在床的祖母喊不动了
她让我们站在病床前　用干枯的手
把我们从头摸到脚　边摸边说
别去游泳哈　水深危险
已成年的我们　知道保护自己了

乌鸦不叫了

大清早　宋花儿双手捧着脑袋

坐在树墩上　心里一团乱麻

理不出头绪　乌鸦一叫他心里就慌

老母亲给乌鸦叫死了　插秧时节

平日健壮的水牛　在乌鸦的叫声中

伸直了腿　圈里的猪也得了怪病

宋花儿把这一切归咎于乌鸦

他早就想把祖上留下的皂角树砍了

无奈喜鹊也来枝头叫　给这个家添喜气

他把女儿上大学这一喜归功于喜鹊

盘算良久　不吉利的事多于喜事

他才下决心把这棵百年老树砍了

锯成大小不等的菜板　卖了不少钱

乌鸦不来了　喜鹊也不光顾了

可不顺心的事还是不断发生

他坐在树墩上把自己坐成了问号

独对一盏灯

想起那手擎花束奔跑的人
一朵花的绽放　与一盏灯的
明亮　美丽和灼痛了
谁孤寂的心

大风中掩面而逃的月亮
谁来品尝　我们刚沏好的新茶
守住自己的生活　在影子后
添置一盏灯

草·狗

如果记忆长草　狗在草丛中
蹲着抑或躺着
那敏感的嗅觉　沿阳光的血
搜索往事

篝火燃尽　留下乌黑的骨头
壁画上的七叶花朵好冷
夕阳的舌头　在野牛
蹄窝里舔舐空旷

山路　樵夫已走远
柔弱的草把繁重的躯体
托得轻盈　犬吠
使村落知冷知热

牧牛少年

身子低垂　再低垂
如一节手指
在一根鼻绳上　拨弄
人和牛的命运

俯身山坡　听大地心跳
血管里流着青草进行曲
牛在山坡种植汗的故事
他却无意从季节
捡回自己

牛眼汪汪　一口塘照他的影子
鸟翅掠过　不知为他
充实些什么

春燕

从雪花里飞来的燕子　羽翅
擦亮云层　阳光是全新词语
闪烁露水光芒
村头树梢　落满灵性的手指
掠走河面一朵浪花
插上谁的发髻

瓦屋檐下呢喃
筑巢奥秘泄露了嫁娘
屋顶炊烟缭绕
火焰扩展路线
托住肉体里的天国
渴望飞翔

风捉住一双翅膀　交给天空
沿着细雨温柔的方向
牵动一片春光

山月

山岗上大红的月亮　鸟儿
高悬的心脏　今夜的微风
吹响我的衣襟
轻轻说出　前半生的
梦想和后半生的飞翔

一只细长的脖颈　沿树枝
伸进月亮　鸟儿疼痛的内心
领悟乡情　只有空气看得见
月光以一种痛感　渗透
所有人的魂

瞳孔盛着月光　泪水
洗亮石头　轻轻磕碰
乡音穿透云层
梦长出翅膀　衔着
月的嘴唇回乡

苦夏

蝉声落满庭院

大自然的音符

一浪挤着一浪

飘出很远很远

我在蝉声中问自己

为什么我不能

让那声叹息走出家门

（刊于《人民文学》增刊 2003 年第 1 期）

遇见车前草

上海　在小区外的绿化地

我遇见了

一小片车前草　它们

长得郁郁葱葱　生活在异乡

一点感觉不到落寞与孤寂

那是几年前　我从贵州老家带来的

一小袋种子　我把这些种子

撒在树丛边的空地里　从下种

我就关注着它们破土　爆芽

直到获得一片绿色领地

这是故乡的车前草　见到它们

就如同回到了故乡　因为

只有哪里才有车前草　青青的叶子

伴着微风　轻轻摇晃在

我夜夜思乡的梦里

鸟鸣深山

在山里要睡懒觉很难　大清早
鸟儿就在房前屋后直叫　那声音
悦耳美妙　让人觉得
来到了一个音乐大世界
各种鸟叫声不绝于耳

归归阳是阳雀呼唤太阳的声音
漫长的寒冬过去了　万物需要太阳
画眉在阳光下一展歌喉
画眉的叫声刚停　接着就是一场鸟的大合唱
各种鸟鸣如淙淙山泉　一泻千里

还有一种不知名的鸟　居然站在窗口
对着卧室大叫　儿竟睡　儿竟睡
叫得睡觉的人哭笑不得　起身下床
赶鸟　不好意思地挠头笑笑
鸟也知道季节不等人

天灯在上

在山里　有月亮的夜晚
省油的母亲不让点灯
她说天灯在上　干啥不行
母亲在屋檐下洗衣　我们
在屋里为苞谷脱粒　不用灯

灯油是母亲从山上打来桐子
采用土法提炼的桐油　我在
桐油灯下看书做作业　母亲从不吝啬
特意在灯盏里多放一茎灯草
嘱咐我不要为省油马虎了作业

在母亲的桐油灯下看书　我感到
特别温馨　几十年过去了
那份亲情和关爱　还温暖着我
母亲就像天灯　她的勤劳和节俭
照亮了我的人生路

换马掌

赶车人马五住在我家隔壁　小时候
我常看他换马掌　他把马
拴在马车的轮子旁　然后
把马从头到脚摸个遍　人与马
进行短暂沟通　马也通人性

顺从地让马五把蹄子抬起　马五
把蹄子夹在两腿间　用钳子
从马蹄上取下磨坏的马掌　再用
锋利的马掌刀　把马蹄子削平
接着把马掌放到马蹄子上

他从嘴里取出铁钉　叮当地
把马掌钉上　口水顺着铁钉
进入马蹄　马儿用蹄子刨几下地面
似乎在表示可以出发了　一个响鼻后
轻快地拉着车朝桶底河慢跑

野鸭

傍晚　两只野鸭一前一后

在河里觅食　它们食囊扁扁的

也许劳累一天　尚未填饱肚子

夜色在河面一点点地铺展

两只鸭夫妻饥肠辘辘

在我看来　它们会空腹而眠

突然　公鸭把脖子伸进河里

衔起一条乱蹦的鱼　它没咽下

它朝母鸭游去　母鸭用嘴接过鱼

把鱼慢慢吞进肚里　两只鸭

并排在河中游着　它们在山野生活

也和我们一样　努力地

寻找　靠爱维持生存

火塘旁饮酒

下雪天出不了门　山里的人们

聚在火塘旁　我们非常珍惜

这难得的空闲　若不是下雪

人们出门办事了　不是在地里

种腊月土豆　就是背几只鸡鸭出门

卖了鸡鸭　置办年货

闲下来好喝酒　表哥拿来

自酿的苞谷烧　切了两节香肠

油炸一碗花生米　一盘土豆片

几个乡邻围火而坐　边喝酒边谈农事

喝到兴头上　便开始搳拳

这些庄稼汉　搳的是老式拳

性格豪爽　输了就喝不打酒官司

村外传来几声狗叫　人们起身

迎接远房亲戚　正好为火塘添添气氛

故乡橘

橘子熟了　黄澄澄地压弯树枝
在橘子树下走　不用剥橘
就能闻到橘子的味儿

这满坡的橘子树　不是当地橘树
我的家乡　只有旺草镇有橘树
结出的橘子　个小口味差酸味儿重

我们把它们叫柑子　柑子
不受人欢迎　更不要说销往外地
后来温州蜜橘引进了故乡

乡邻们通过育种嫁接等技术对温橘改良
改良后的橘树　成功融合了两地特色
就像嫁来故乡的浙江姑娘　落户生子

爬山

爬山就是了解自己　还有
周围事物的高度　平时
大山在我眼前耸立　大个子
在我面前站着　我觉得
自己是一株又矮又小的植物

那一刻　我既谦恭又自卑
或许人生的时光
在我身上没有发生变化
我想高的前面会更高
矮的下面则更矮

我得学会在此一搏　上山腿软
我就在软弱中前行　一步步地
登上山顶　进步虽慢但实在
一览众山小　这不是幻境
太阳还明晃晃地照在头上

牛拉车

牛拉车　缓慢而沉重
人们都说老牛拉破车
牛车大小与马车差不多　不同的是
牛车是木轮上蒙一层轮胎胶
马车则是可以充气的橡胶轮

赶马车的车夫坐在辕上　挥鞭赶马
赶牛车的刘疤儿却全程步行　手里
握着一根竹条　牛走慢时
他在牛屁股上抽几鞭　牛负痛跑几步
人吃饭要知牛辛苦　这是
刘疤儿常挂在嘴边的一句话

刘疤儿靠一头老牛一辆破车
搞短途运输养活全家　供孩子上学
当他牵牛喷着酒气从我眼前经过时
我总停下脚步体会生活的艰辛与沉重

汪家寨

我已习惯把这个寨子称为故乡了

曾祖父从四川逃荒来这里落脚

几辈人凭一炉火　和火一样的

人情　把铁打造成得心应手的物件

一把手锤把艰难的日子　敲得

薄如刀刃　在薄得不能再薄的时候

曾祖父像一株庄稼被时间割倒

接着就是我的祖父他们都归于

土地深处　我父亲把铁匠炉

搬进了城　可地上摆放的

却是汪家寨乡亲们的锄头镰刀

清明时节他带我到汪家寨挂亲

看着那些在风中飘动的纸幡

就像一段乡情系在汪家寨

后山树的枝丫上

（刊于《诗探索》2012 年第 4 辑）

山路上亮起了手电光

在天色渐暗的山路上

慢腾腾地走着八头牛　八个人

这八头牛有水牛也有黄牛　它们对天色

毫无兴趣　以惯常的步子不紧不慢地

沿高低不平的石头路走着

八个人肩上斜挂着装在套子里的手电

一顶麦秸编的草帽依然戴在头上

手里握着一根竹条　嘴里吐着

粗细不匀的酒气　断断续续地哼着山歌

那些背柴过路的姑娘　让山歌

唱红了脸　暮色遮不住她们的羞涩

归林鸟的叫声搅乱了思绪

那些粗心的汉子全然不觉　依旧

赶着牛朝前走　山路上亮起了手电光

（刊于《诗探索》2012 年第 4 辑）

洞穴人家

村里有户人家住在洞穴里
当家人叫张绍轩
张绍轩家在洞穴里住了几代人了
他们在洞里修了四列三间的大木房
猪圈　牛圈一应俱全　鸡鸭成群

洞里有清冽甘甜的泉水　张绍轩
用泉水酿酒　酒质不错　有酱香味儿
酒醇回味悠长　还空杯留香
这酒如同老实淳朴的张绍轩
叫人放心　酒在当地出了名
他家生意红火　顾客盈门

拆迁办的人动员住洞穴的人家
搬到山下平坝居住
张绍轩舍不得那几十缸土酒
更舍不得这与世无争的洞穴生活

散步

如今的乡村　青壮年外出打工
老人和孩子守着空旷的时光
落寞的老人们在晚饭后相约一起散步

沿着记忆　他们从土改时的地
走到高级社的地　又从
高级社的地走到人民公社的地
后来　生产方式变了
但他门的脚步　知道这是谁家的责任田

那时集体出工　按劳分配
钱少　人多　村里很热闹
现在　产量增加了　多劳多得
但打工潮的席卷　地里见不到青壮年
每到黄昏　空荡荡的乡村
真像一棵落光了叶子的树

赶集归来

往年赶集归来　走夜路

几个乡邻一路谈笑　路过干岩穴

习惯在路旁喝几口泉水

坐下抽一锅叶子烟　望着不远处的灯火

大家指着辨别各自的家　心里清楚

乡妻已把饭烧好　眼巴巴等我们归来

每个人心里　眼里都是甜

如今　这条路上只有我一个人在行走

我代几位已经年迈的乡邻进城购物

生活用品装满了背篓　路过干岩穴

在歇气的老地方　只有溪水和晚归的牛羊

伴我眺望这夜的深沉与孤独

打工归来

走了那么多的路　才转回到家乡
走到小木桥前　打工回乡的宋花儿
不走了　他只身躺在桥上
像扑进母亲的怀里　亲切　温馨
回家的感觉真好

泛着落日余晖的河水　波光粼粼
流水的声音　像在讲述家乡的往事
他躺在桥上回忆离村时
父母带着孩子在这里为他送行
他带走了母亲的眼泪和孩子的告别声

他从桥面上站起身　把双肩包
重新挎在肩上　望着不远处的炊烟
心里暗想　父母年迈了　也该尽孝了
孩子成长也需要自己的陪伴
这次回来就再也不走了

收烟

沿着烟叶的方向　我和表哥
踩着落日余晖　来到晒席前
烟叶在火辣辣的阳光下　干透了
干烟叶易碎　我们把烟叶
从晒席搬到院坝回潮

山里雾岚飘来　烟叶得赶紧
夹进草绳　表哥用手捏捏
收烟的时间在他手中延长　突然
他把烟叶递给楼梯上的我　在这
月明星稀的夏夜　我们成了一角风景

屋檐下　表哥抬头　兴奋地看着烟叶
他的目光穿过烟叶　仿佛看到了
孙子的学费和电视　还有
乡邻们围着电视机时的热闹场景

垭口店

山垭口的小店有多大年纪
店老板郭二　二十几岁就在这里经商
如今头发斑白　还是孑然一身

山路有多弯　人生就有多少曲折
货郎担上山下山　箩筐里装满
零零碎碎的生活　钱赚得很少
艰辛和劳累压得郭二腰弯背驼

山下的姑娘不愿嫁上山　山上的
姑娘不肯嫁在当地　村里人纷纷
进城打工了　店里很少有顾客
郭二老了　独身在山垭口守着寂寞

承诺

高山坪如今只留下三个人在山上
张帮国老两口和一个叫姚绍成的老单身
其余人有的去了广东打工　有些人下山
住进了县城

张帮国不走是为了履行对姚绍成的承诺
生了重病的姚绍成　手指着屋后的棺材
要张帮国一定要亲手安葬了他

姚绍成死后　张帮国花钱请人上山
把姚绍成葬在责任田里　圆圆的坟堆
为承诺　画上一个诚信的句号

青杠坡

青杠坡　烟圈已钻出
思考　走进史书
留下毛泽东
蓬蓬勃勃的思维

山上　烟叶挨着烟叶
叶脉听叶脉　风
摇动双双绿手　向天
抓过路的彩虹　山民的梦

山凝固的壮志
路　一根绳子
攥在汉子手上
一步一步
走出山外

每跨一步　都是
高原升级
长征复写

（刊于《新国风》2002 年第 10 期）

隔空喊话

我常站在自家屋檐下　望着

对面山梁上的路和路上走动的人影

多数时候不知行人是谁　只有

隔空打招呼　用这种古老的方式

进行交流　了解附近乡镇的

物价　再决定带点什么去赶集

尽管属于不同的村民组　但对面

山上有多少人家　都住了谁

彼此非常清楚　若有

婚丧嫁娶这类大事　我们就隔空喊话

用手卷成筒状　尽量把声音送远

在这群山苍茫的山间社会　人们

总在想法增进交流　缩短距离

给女儿

女儿和黎明一齐到来
在雪天里出生　你是晶莹的
在祖母点亮的神灯里
我为你祈福

现在　正月已悄悄来到窗外
我愿在这特殊的日子里　成为
你脚下的路　让你踏着
去走你自己的路
每年我都在生日烛光里　看见你
从岁月的那一端走来
以一个小孩特有的轻盈
步入你生命的另一里程

父亲没有什么给你　只有
从心里喊出一声祝福
给我的女儿莹莹

灯草

如果蛮荒的旷野还剩一丝柔情
那就是
灯草体内燃烧的火焰
通体透明　把夜照得无形
心中装着白昼的人　也会接受
灯火的洗礼

把头颅探入苍穹
思想的触须　闪电
在属于自己的光亮里　成为
折射阳光的微尘

在一茎灯草　拨开的光亮里　注视
灯花繁衍光明

（刊于《诗刊》2002 年第 2 期下）

阿沙

沙粒在水底　流着真实的声音

我在河面采撷阳光

沿游鱼的方向

我裸着　沙地裸着

阳光把我晃荡成童年

我把沙子还原为阳光

小河呀　我要握住流沙的手

（刊于《人民文学》增刊 2000 年第 2 期）

后记

20 世纪 70 年代我开始习诗，不知不觉半个世纪过去了。早就想对自己的创作做个总结，总觉得时间还早，以后再说。原因之一是自己的诗写得不行，等以后有了提高，有几首好诗再成书；另一个原因是为时尚早。不料时间流逝得太快，不知不觉我已到古稀之年。人到 70 岁，生命变得脆弱，最后到离世时，很多时候往往是事未竟人先去，悲乎！

故乡诗人郑德明 2001 年 63 岁辞世时，他的诗集《故乡月》未来得及校对，临终前嘱咐我和黄定才为他完成此事。书出版后，我们二人在他坟前为他烧了一本，但愿他在冥冥之中能看到。诗人黄定才 2022 年 12 月 25 日晚上还和我通电话，相互勉励要争取活到百岁。他告诉我，他要把一生写一本书，不料 12 月 26 日就去世了。相距不到 24 小时，一个身边人就这样走了。我写诗的启蒙老师——《苗岭》文学月刊原副主编、《警苑》原主编，77 岁的著名诗人王贤良差点又离我远去。他身患多种顽疾，好不容易从死神手里捡了条命。他告诉我，他想再出版一本诗集，希望能实现自己的最后愿望。王贤良是位值得尊敬的编辑老师，记得在 20 世纪 80 年代的一次文艺座谈会上 当着上千作者的面，他公开亮明自己的用稿原则：名家和无名小卒的作品，选用无名小卒的作品，扶持新人！为扶持像我这样的新人，他在《苗岭》为青年习作者开辟了《三步石》栏目，培养了很多作家和诗人。

我不想在自己有生之年留下任何遗憾，诗给我带来了美好的记忆，那些人、那些事，那些生命中的过往，不断浮现在脑海。趁我现在还活着，收集往事，让文字延续生命。我把已发表和未发表的作品遴选了一遍，挑选出一部分还看得过去的作品结集出版，为自己留作纪念。这是我这一生中出版的最后一本诗集了，自感随着年龄的增长，想创作出好的作品已不大可能。自然规律不可抗拒，诗歌是青春的礼物。

本诗集的出版，对我而言，就像小学生完成了一次作业一样，完成的水平如何，还望读者做出评判。

何居华

2023 年 8 月 12 日